文景

Horizon

社 科 新 知 文 艺 新 潮

厌倦了爱

FERNANDO PESSOA

［葡萄牙］费尔南多·佩索阿 著

程一身 译

上海人民出版社

目录

1　　　译序　英语诗人佩索阿

亚历山大·瑟奇诗选（1904—1909）

11　　警句
12　　泰坦之死
14　　论死亡
16　　暗影之下
18　　工作
19　　完美
21　　地球上所有人的悲哀命运
22　　十四行诗
24　　思想
26　　解决
28　　习俗

30	致一位演奏者
31	小丑
33	灵魂象征
36	上帝的工作
37	盲目的鹰
39	涅槃
41	遗憾
43	怀疑狂
45	正义
46	圆圈
48	庙宇
49	所罗门·魏斯特的故事
51	在大街上
59	女巨人
61	为我建造一座小屋……
63	巨人的回复
64	一个问题
66	墓志铭
67	墓志铭
71	在路上

73	兄弟会
74	致我最亲爱的朋友
76	逼近……

《疯狂的小提琴手》(1910—1917)

一、疯狂的小提琴手

83	疯狂的小提琴手
87	岛
89	变狼狂想
91	咒语
93	不是我自己了

二、闪光的池塘

97	去别处
99	闪光的池塘
101	诗

103	如果我能把我的诗刻在木头上
106	悬念

三、错误的选择

111	夜光
116	空虚
118	单调

四、四重悲伤

123	河
125	其间
127	插曲
129	虚无

五、狂热花园

133	狂热花园
136	破碎的窗户

138　伊西斯

141　厌倦

143　无名少女

146　地平线

148　她的手指漫不经心地摆弄着戒指

六、沉睡后的歌

153　丢失的钥匙

155　向日葵

157　时间

159　寻找者

161　前世记忆

162　圣餐杯

七、掉落的火炬

167　高飞

175　给一位歌唱者

178　前自我

181 桥

183 间隙之王

185 漏洞

188 深渊

八、迷宫

193 要有光

197 夏日狂喜

201 心情

203 反转

205 十四行诗

206 夏日乐园

213 终曲

附录

217 观看塔古斯河

219 祈祷

长诗与组诗（1910—1920）

225　喜歌
246　安提诺乌斯
265　35首十四行诗（1910—1918）
294　铭文

其他诗（1901—1935）

303　我的心肝宝贝，与你分离
305　从火车上看到的阿连特茹
306　阿拉伯圣人
307　夜本身确实似乎睡着了
308　一个女孩，想着她的情人，坐在班轮甲板上的椅子上
309　天空是一颗闪耀着欢乐光芒的巨大绿松石
310　哦，沉重的一天
313　预见力
316　可爱的人

318	陆地和海洋的双翼之神
320	不可能之事的母亲
322	我写这首诗为了纪念你
324	让我们休息吧
326	我能将每种情绪写成诗
328	我常常希望这种嘲弄会结束
330	你不必蔑视我
332	就像伟大的马基雅维利
334	每月,似乎,我的头发确实变得更白
336	大师说你不必在意
339	低沉悲伤的风充满孤独的夜晚
341	我爱这个世界和所有这些人
343	那些幸福或不幸的人
345	只是一个吻吗?
348	他写下美妙的诗
350	震颤性谵妄
353	有一位绝妙的女士
354	快乐的太阳在照耀
356	佩索阿英语诗创作年表

译序　英语诗人佩索阿

佩索阿在世时以商业翻译为生，葡语、英语和法语是他的工作语言，也是他的创作语言。在其代表作《海洋颂》中，他把工作语言变成了诗歌语言：

提货单多么与众不同，
还有一个船长的签名，如此漂亮而现代！
信件开头和结尾的商业格式：
亲爱的先生们—先生们—先生们，
您忠实的——我们向您致以崇高的敬意……

这三个"先生们"在原诗中分别是英语、法语和葡萄牙语。"您忠实的"为英语，"我们向您致以崇高的敬意"为法语。在佩索阿用这三种语言写出的诗中，成就最高的当然是葡语诗，最弱的则是法语诗，数量似不多，分量也较轻。我只在豆瓣上见过刘楠祺先生译的12首法语诗，其中有一首《妈妈，妈妈……》，是纪念亡母的，大概是诗人的母亲精通法语的缘故。而英语诗就不同了，不仅有一定的规模，而且有两首长诗和一组十四行诗。可以说英语诗创作对佩索阿具有非同寻常的意义。

佩索阿与英语相遇在南非的德班，可以说这是母亲改嫁给一个驻德班领事带给他的"礼物"。德班是英国的殖民地。1899年，佩索阿进入德班中学，接受了良好的英语教育。并于1901年写下第一首英语诗《我的心肝宝贝，与你分离》。1903年11月，佩索阿获得维多利亚女王最佳英语散文比赛奖金。这激发了他以英语写诗、成为大诗人的雄心。据理查德·泽尼斯（Richard Zenith）说，佩索阿的志向是"成为二十世纪的莎士比亚、济慈或雪莱"，他曾以异名亚历山大·瑟奇宣称："此处躺着的这个人自认为是／世界范围内最好的诗人"（《墓志铭》）。亚历山大·瑟奇是佩索阿的早期主要异名，自从这个异名在1906年出现之后，原先属于查尔斯·罗伯特·阿努的诗也归于他的名下，共131首诗（1903—1910）。佩索阿曾有意出版一本亚历山大·瑟奇诗选，并给它起过以下书名或章节名：《上帝之死》《失眠》《创痛》《谵妄》《疯狂的男人》《精神颓废的文献》。亚历山大·瑟奇是个工作狂，他的诗整体上富于雄心与锐气。其代表作是《在大街上》，该诗细腻动人，堪称佩索阿游走于世俗与精神之间的自画像。

为了达成"世界范围内最好的诗人"这个目标，佩索阿积极创作并出版英语诗集。1917年5月，其诗集《疯狂的小提琴手》试图在英国出版被拒，其中共53首诗，理查德·泽尼斯整理了44首，托尼·弗雷泽（Tony Frazer）的选本中另有两首，仍有七首成为遗珠之憾。这些诗多数在佩索阿生前未发表。从目录来看，这是一部秩序鲜明、结构完整的诗集。《疯狂的小提琴手》这首诗其实是佩索阿兼具预言性与象征性的自传，它告诉我们疯狂源于试图冲破压抑的自由，这个行迹不定的神秘小提琴手的曲子也因此深深地感染了不自由的人群，最终人虽离去而曲长留，这个小提琴手其实正是佩索阿的化身。《疯狂的小提琴手》是佩索阿英语诗的代表作，疯狂是佩索阿诗歌的关键词，音乐是其作品中的常见题材，韵律是其作品的基本特色。

佩索阿写了很多十四行诗，最早的一首是1902年的《梦》，本书收入较早的十四行诗是1904年写的《论死亡》等六首，都是彼特拉克体。而《35首十四行诗》则转向了莎士比亚体。1918年，佩索阿自费出版了两本英语诗集《安提诺乌斯》（1915年1月）和《35首十四行诗》（据理查德·泽尼斯的《佩索阿传》，佩索阿当时写了50首莎士比亚体十四行诗，从中选了35首），寄往英国各大报刊，后者得到《格拉斯哥先驱报》和《泰晤士报文学增刊》的好评："超莎士比亚的莎士比亚风格"，"都铎时代的反复、回旋和对偶的技巧"，但并未产生他预期的影响。1920年1月，《疯狂的小提琴手》中的一首诗《其间》发表于《雅典娜》（伦敦），再次激发了他的信心。1921年，他又印刷了两本英语诗集，包括《喜歌》（1913年）、《铭文》（1920年）等。寄到英国后却没什么反应。

1935年是佩索阿回归生活之年，也是他酗酒加剧之年、爱心复萌之年。1935年11月22日，他写下最后一首英语诗《快乐的太阳在照耀》，八天后就病逝了。《快乐的太阳在照耀》是一首爱情诗，与《我的心肝宝贝，与你分离》形成遥远的对称。可以说佩索阿的英语诗始于爱终于爱，其跨度达三十年以上。英语诗写作不仅体现了他最初的雄心，也显示了他持久的意志。1935年11月29日，佩索阿因发烧和腹痛被送到里斯本的法国医院，他用英语写下了最后一句话："我不知道明天会带来什么。"佩索阿写的这首无题的独句诗中似乎回响着他早年用英语写诗的壮志豪情，却伴随着落潮的平静。其后的时间先后对这首独句诗给出了以下回答：英年早逝，巨大声誉。

佩索阿曾写过一篇长文谈论莎士比亚创作的得失："从纯粹的艺术观点来看，莎士比亚的剧本和诗歌是人世所能看到的最伟大失败。从未有那么多元素聚集在一个人的头脑中，像聚集在莎士比亚的头脑中一样。他在所有形式（除了一种）上都拥有抒情的天赋，在某种程度上从未被超越；他拥有对人性的广泛理解以及对角色的直觉把握，在某种程度上从未被超越；他拥有措辞和表达的艺术，在某种程度上从未被超越。但他缺乏一种东西：平衡，健全，训练。"（见《文学界》2013年第8期）相比而言，佩索阿的诗歌克制力与平衡感非常突出，其十四行组诗采用莎士比亚体，而且同样是思辨风格。佩索阿的长诗，尤其是本书收入的长诗《喜歌》以及《安提诺乌斯》似乎有意与莎士比亚的《鲁克丽丝受辱记》与《维纳斯与阿都尼》竞技。佩索阿曾直言莎士比亚的这两首长篇叙事诗"叙事整体极不完美"。仅以长诗而论，佩索阿的成就不逊于莎士比亚。且不说他的葡语长诗《海洋颂》，《安提诺乌斯》被理查德·泽尼斯称为"佩索阿最伟大的英语诗歌成就"，《喜歌》也超越了埃德蒙·斯宾塞与约翰·多恩的同题诗，不仅表达大胆直接，而且笔触细腻优美。据佩索阿自述，他写这两首诗是为了摆脱纠缠他的情欲，诗中的词语显然分有了这种强度。相对来说，《安提诺乌斯》因克制反而更有力。与莎士比亚的十四行诗相比，佩索阿的35首十四行诗是我偏爱的，因为其思辨中弥漫着浓郁的抒情气息。这样说并不意味着佩索阿比莎士比亚伟大，事实上，莎士比亚的成就主要体现在戏剧方面，而佩索阿的成就主要集中在诗歌与散文方面。他们都是大作家，读者完全可以各喜所爱。

感谢世纪文景的编辑杨沁约我翻译这本佩索阿英语诗选。在编译佩索阿诗精选《宇宙重建了自身》时我曾反复打量过这些诗，尤其是《喜歌》和《35首十四行诗》。把它们译成汉语后，我发现它们比我当初认为的重要，毕竟翻译是对词语的反复咀嚼，这种反复咀嚼让我更深得其味，也因此更清晰地认识到这些作品的价值。英语诗是佩索阿的另一副面孔，在题材风格方面呈现出一些新维度。我相信佩索阿的爱好者同样会喜欢这本诗集。

这本诗选大致以理查德·泽尼斯编的佩索阿英语诗为蓝本，以托尼·弗雷泽编的佩索阿英语诗选为补充，补译了《喜歌》等十首诗，同时参考了埃德温·霍尼格与苏珊·布朗（Edwin Honig and Susan Brown）编译的佩索阿的诗，以及彼得·里卡德（Peter Rickard）编译的佩索阿诗选。佩索阿使用英语的态度比较郑重谨慎，流露出古典主义倾向，诗中充满了旧式用词。

而且佩索阿的英语诗注重押韵。为了追求押韵，他往往打乱正常句序，强行把押韵词放在句尾，"香稻啄余鹦鹉粒，碧梧栖老凤凰枝"之类的表达比比皆是。总体而言，佩索阿对英语的使用有些怪异，整体上不够规范（理查德·泽尼斯在《佩索阿传》中提到佩索阿的英语诗存在语法错误），加上其内容常常具有思辨性，给理解与翻译造成了一定的困难。书中如有不妥之处，还请高明指正。

程一身

2023 年 12 月 21 日

亚历山大·瑟奇诗选（1904—1909）[1]

---

[1] 亚历山大·瑟奇（Alexander Search），亚历山大是马其顿王国国王，瑟奇是音译，意为寻找。——译者注。本书注释"原编者注"均为理查德·泽尼斯注，如无特殊说明则为译者注

警句[1]

"我爱我的梦。"一个冬日的清晨
我对一个实际的人说,他轻蔑地
回答:"我不是理想的奴隶,
但和所有理智的人一样,我爱现实。"
可怜的傻瓜,搞错了一切的存在和表象!
当我爱我的梦时,我爱现实。

---

[1] 理查德·泽尼斯编译的《我的心略大于整个宇宙》载此诗创作于1906年。

泰坦之死 [1]

恐怖的清晨从黑夜的巨大子宫里痛苦地分娩出来,
在悸动的大地上空,咔嚓的雷声轰鸣着;
泰坦终于醒来,他的前胸凝着血污,
他粗暴的喘息声突然将结实的橡树连根拔起。

他在致命的剧痛中怒吼,伴随他低沉的鼾声
鸟儿被击中,溪流因恐惧而干涸,
海岸塌陷入大海,山峰崩裂至灼热的核心,
摇摇欲坠的峭壁被撕裂,被撕裂的是云的灰斗篷。

闪电在尖叫,大海在咆哮,浪涛哗哗飞溅;
现在,巨人因雷鸣般的突然撞击而摇摆,
倒下,王座上的星星从闪闪发光的宝座被撕碎。

---

[1] 泰坦(Titan),又译为提坦,希腊神话中曾统治世界的古老神族,最后被以宙斯为首的奥林匹斯神族推翻。此诗最初题为《泰坦的倒下》,题目下写着"伊壁鸠鲁"。

他倒下了；受惊吓的大地，被发狂的怒火刺痛，
劈开、爆裂、破碎；空气里回响着愤怒的咒骂，
但天空中的太阳仍然微笑着，似乎在蔑视。

1904 年 4 月

论死亡

当我想到每天的跋涉
如何以迅捷而沉重的脚步
将我的灵魂引向那些令人恐惧的伟大区域
并使我的青春更接近永恒的死亡,

虽然这让我感到奇怪而悲哀:
似乎我(此刻还能感到生命)必定很快会死,
某种模糊不定的悲伤让我头脑昏沉
无尽的恐惧折磨着我怯懦的心,

尽管悲伤肆虐,撕裂
我的心,但我要抓住每一刻的恩惠。
从每次真切的呻吟中发出粗鲁的笑声:

没有希望才是极度的绝望,
我不识死亡,也不认为死亡是解脱——
坏的事物确实比未知的事物更好。

1904 年 5 月

暗影之下

就像月亮映在宽而深的溪流上
让每一道鳞波都闪烁着银光，
在一些乌云的笼罩下，黑夜的阴影
只是暂时模糊，却仍闪闪发亮。

黑暗中的波浪，没有落下的光束，
在阴影中，伴随一种更深层运动的
朦胧喜悦，静静地闪烁着
柔和的银光，就像梦中的事物；

让我的诗歌永远保持力量，
即使乌云笼罩着我疲惫的心灵
也要用更坚定的甜美填满

我闪光的旋律,向人类表明

即使在乌云下,我也能保持

惯常的歌唱,对希望和幸福不盲目。

           1904 年 8 月

工作

你来到世间,不是为了问
是否有上帝,生命,或死亡。
那就拿起你的工具投入你的任务
把每次气喘吁吁都献给劳作吧。

你有你的工具,也不需要去寻找——
你的健康、信仰或有用的技艺,
劳动的力量,说话的能力,
强大的头脑或善良的心。

1904 年 9 月

完美

完美在狂热的梦中向我走来,
神圣的美被世俗的感官束缚,
用缓慢而忘我的声音安抚我的耳朵,
她饱满的心声,在炫目的闪光中迸发,

我永远不能领会。柔软的秀发飘拂
在她无欲无求的胸前,现实与理想
所有如在天堂的人间欢乐,
在那里交织。

随后白昼侵入,一切都消失了;
我返回自身,感到如此悲哀
就像一个船只失事的水手从沉睡中醒来——

从甜蜜的乡村日子的明亮梦境中——
抬起他悸动的头,听到下面
那沉重的船沉入深海的隆隆声。

1904 年 10 月

地球上所有人的悲哀命运

地球上所有人的悲哀命运
悲哀而孤独！
我们从出生就走向死亡
不快乐地大笑或呻吟着；
我们中最伟大的人在这里也必定叹息
不过是被抛向高处的流星
从未知走向未知。

1904 年

十四行诗

我能否说出我的所思所想，能否表达
我每一个隐藏而过于沉默的想法，
能否将我的情感完美表达出来，
置于一个不受生活压力所迫的点；

我能否吐露我的灵魂，我能否坦白
我天性中最隐秘的秘密；
我可能是伟大的，但没有人教我
一种很好描绘我的苦恼的语言。

然而，日日夜夜，新的低语向我袭来，
夜夜日日，旧的低语从我身边溜走……
哦，只需一个词，一句话，我就能倾诉

我的所思所感,以唤醒这个世界;
但我是哑巴,不能歌唱,
哑得就像那雷鸣前的云朵。

1904 年

思想

思想是一件多么伟大的事物！就像突然的闪电
穿过暴风雨的阴沉天空
当暴风雨缓慢、耐心而严峻地展开
它轰隆隆响的巨大音量。

思想来了，比理性的太阳更明亮，
理性的太阳不断向四周射出光芒，直到毁灭的
　　边缘——
或者像银色方格的阴影，隐隐出现
在幻想的月亮下，在风中打着最古怪的旋儿。

思想来了，遮蔽了耀眼的精神景象，
但它咆哮的回声震撼我们的心灵，
它携带的力量超越了我们的视力范围；

可怕的美和无情的力量,
常常杀戮撕裂,不再复活,
一种沉闷希望的最脆弱结构。

        1904 年

解决

我为何将青春年华浪费
在徒劳无果的梦境和闲抛暗洒的泪水中？
为什么我用狂热的眼睛数着岁月，
用悲伤的心计算痛苦的道路？

既然叹息和恐惧对我，对人类
都没有好处，既然未来从远处嘲笑我，
而过去不能留在我身边，
我为什么还要这样哭泣？

高高的上天，不犯错，也不会亏待
地球上的每个人，给他一份要做的工作，
遥远的报酬和久远的安息；

那我就去做我的工作吧，这样上帝会让我变得
　强大，

让我驯服自身的恶魔,
扼住魔鬼的喉咙。

1905 年 5 月 7 日

习俗

奴隶与愚人的母亲，你用
你的铁链锁住了受奴役的人类，
他们在你的枷锁中老去，在你的奴役中盲目，
必定变得悲伤痛苦，堕落冷酷，

却像从前一样怯懦地遵循着
那些古老的方式，不明智，不坚定，不仁慈，
永远被束缚在动物的羁绊中，就像
鱼鸟兽被束缚在群体和围栏里。

许多珍爱的名字已失去光芒，
许多爱的土地已成为保姆，
但人类的疲惫之心始终如故——

永远不愿摆脱诅咒,

自作自受的苦恼,以及与日俱增的耻辱,

这一切让疲惫、暗淡的宇宙不堪重负。

1905 年 11 月

致一位演奏者

继续弹奏那孤独的音乐
像一阵微风在我心中徘徊
在平静的夜里若隐若现,
只听见一半的旋律
就像巨大海洋的声音
那海在运动中感到愉悦。

因为你的节奏轻柔而响亮,
因为你的无韵之音
在我心中唤醒一种精神感应,
一种变宽、减弱的感觉
它之于我的正常意识
就像永恒之于时间。

1905 年 12 月

小丑

透过这疯狂无情的翻腾
　一种诡异而狂野的可怕想法
　　其意义比人类的恐惧更奇怪——
一个翻着怪异筋斗的小丑；
　我像孩子一样对着他哭泣
　　在一个男人坚硬的泪水中。

没有屋顶，没有地板。
　恐怖！没有任何空间是已知的！
　　——无情地，我看见，他翻腾着！——
只有小丑，没有别的，
　他不停地起起落落——
　　那个翻着怪异筋斗的小丑。

多么深沉啊——无情地，让我烦恼，
　在我心里，寻求每件事物的意义，

这整齐翻腾的无限景象！
我的双腿翻腾得几乎忘记自己。
这能带来什么可怕的意义呢——
那个翻着怪异筋斗的小丑？

1906 年 1 月

灵魂象征

我的灵魂——我的灵魂是什么?
但它的恐惧和困惑可以散发沉默的象征:
一片空间以外的荒漠,在那里绝对
支配着充满可怕怀疑的期待。

它给人的感觉,奇异而黑暗,
一条不知名的河流诡异而孤独地萦绕着,
在古老的图画中无迹可寻,只是某位
伟大画家极不为人知的唯一作品。

它是一座人迹罕至的岛屿,
神秘,古老,浸在大海里,充满
未经探索的黑色山洞和岩穴,
孕育着许多可能的恐怖。

它是一个古老的旅馆,走廊

交织成一个迷宫，而且没有光，
在那里，整夜都会响起关门声，
原因不明位置不定，让我们充满恐惧。

它是一个荒凉而空荡的山区，
陡峭、隐蔽而寂静，从未被人看见，
在那里，我们不敢去想可能发生的事情
也不愿想会发生的事情。

如果神秘、浪漫和恐惧
在画布和卷轴上展示过它们的内心，
它肯定会出现在人们眼前
就像我的灵魂出现在我的内在感官之前。

它是充满岩石的沙漠景象，
在那里，一切都比理性多，也比理性少，
这是一个孤独的海岸，大海无尽的冲击
以空洞的声音填补它的了无生气。

一些失落的、被遗忘的、模糊的、死寂的东西，
正在苏醒，就像一个神秘的睡眠者
似乎觉察到的那样，因为谁看了都会害怕，

他看到的东西会让人震惊。

我的灵魂所有这一切,都在它软弱的绝望中,
充满对痛苦的感知,对泪水的思索,
为了理性的奖赏而默默地关心,
为了感情的陪伴——悲哀与恐惧。

因此在我眼中,似乎吸食过大量鸦片,
我的自我变成了一个谜;
生命滞留在无尽的恐惧中
而疯狂就像我体内的呼吸。

1906 年 2 月

上帝的工作

"上帝的工作——他的力量多么伟大!"他说
我们眺望着大海
它喧闹地拍打海滩
　　围绕陆岬。

随后船只猛然撞上,
甲板上海水乱涌
让恐惧深入裂缝和伤口。
　　"上帝的工作。"我说。

1906 年 7 月

盲目的鹰[1]

你的名字是什么？你真的
住在无人栖息的不名之地吗？
什么痛苦隐隐浮现在你眉宇间？
什么忧虑在你心中筑巢？

在人类最纯洁最美好的事物中
你的灵魂承认没有恒久的美；
你在世间忍受着深深的不安
你的眼睛却在微笑中否认了它。

充满狂野而怪异的想象，
思想比单纯事物所能束缚的更伟大，
你在万物中寻找的物是什么？

---

[1] 此诗原题为"诗人"。——原编者注

什么思想是你的思索不能发现的？
为什么你坚强的精神翅膀飞向高空？
是什么高远景象令它疼痛得盲目？

          1906 年 11 月

涅槃

一种深藏于存在中的非存在,
一种有知觉的虚无缥缈,
一种超乎真实的理想,
总之,主体与客体的统一。

既非生命,也非死亡,既非意义也非无意义,
而是一种什么都感觉不到的深沉感觉;
一种多么深沉的平静!——比痛苦深沉得多,
或许就像没有思想的思考一样。

美与丑,爱与恨,
善与恶——这一切将不存在;
和平与宁静将消除
我们永恒的生命不确定性。

我们人类所有的希望都将归于平静,

就像狂热疲倦的呼吸一样结束……
灵魂徒劳地摸索合适的表达方式，
它超出了我们信仰的逻辑。

与欢乐的激荡相反，与我们的
生命给予的深深悲伤相反，
对我们的沉睡是一次唤醒，
对我们的生活是一场睡眠。

与我们的生活完全不同，
与漫游在我们心中的思想迥异；
如果我们的生命是坟墓，它就是家，
如果我们的生命是家，它就是坟墓。

我们哭泣的一切，我们向往的一切
都在那里，就像怀中的婴儿，
我们将超越我们那一丁点渴望，
我们被诅咒的灵魂终将安息。

1906 年

遗憾

我多想再次成为一个孩子
　　你是一个纯洁可爱的孩子，
在朦胧的意识中
　　我们可以自由而狂野；
在寂静的树荫下
　　我们可以玩奇妙的游戏，
我们可以有童话书里的名字，
　　我是贵族，你是淑女。

一切都是强烈的无知
　　和对思想的合理需要，
许多恶作剧，许多舞蹈
　　我们的双脚跳个不停；
我想演好小丑的角色
　　逗引你稚嫩的笑声，
我会叫你我的甜心

而这个称呼毫无意义。

或者我们彼此贴身而坐，感动于
　　那些逝去的悲伤故事；
我们没有性，没有爱，
　　没有好坏之争。
一朵花将是我们生命的乐趣
　　一枚果壳船是我们的珍宝：
夜里我们会把它锁在柜子里
　　作为记忆中的乐事。

我们会度过时日，就像一笔
　　美好的财富，很伟大不会发腻，
我们会深深地享受纯真和健康
　　不知道我们真的享受过……
啊，最痛苦的只有这点
　　现在我追寻一种感觉——
知道什么从我们身边离去
　　以及它在原地留下了什么。

1907 年 5 月 29 日

怀疑狂 [1]

对我来说，所有事物都是
脱离正常的疑问，
它们不停的追问厌烦
   我的心。
事物是什么似乎是什么，没有一件事物透露
它携带的生命的秘密。

所有事物的出现总是问着
令人不安的痛苦的问题
带着可怕的犹豫，过于劳累
   我的脑。
真理有多假？既然梦是一切
一切都是梦有多少真理看似真实？

---

[1] 以下两首诗译自托尼·弗雷泽整理的版本。

在神秘面前,我的意志失败了
内心被战争撕裂,
理智像懦夫一样畏缩地
 发现
万物揭示得比它自身更多
却又把它隐藏在自身中。

       1907年6月19日

正义

有一个地区，我设想，
那里的每个人都长着歪鼻子；

每个人都长着歪鼻子，
这绝不让他伤心。

但在那个地区诞生了一个男人
他有一个更直更干净的鼻子；

那个地区的男人怀着公共的仇恨
杀死了那个鼻子很直的男人。

1907 年 7 月 28 日

圆圈

我在地上画了一个圆圈，
这是一个奇怪的神秘图形
我认为其中会充满
富于变化的无声符号，
以及复杂的法则公式，
它是变化的无底洞之口。

我更简单的想法徒劳地阻挡了
这自由的疯狂之流，
但我的想法被指责为
象征和类比：
我认为一个圆可以凝缩
让所有神秘的暴力平静下来。

于是在犹太教神秘哲学的氛围中
我在那里画了一个奇特的圆；

尽管我用了最细心的方式

这个被画成的圆圈却不完美地站着。

从魔法的失败中，我获得了

一个让我叹息的深刻教训。

1907 年 7 月 30 日

庙宇

在空间的概念之外
我建造了我的庙宇——墙壁和墙面——
复杂得像一艘满载的船;
我用我的恐惧筑成它的墙壁,
它的角楼由许多奇怪的想法和眼泪组成——
这座奇异的庙宇,就这样展开
像一面骷髅头的旗帜,像一条鞭子
抽打得我的灵魂蜷缩起来,
远比这个世界更真实。

1907 年 8 月

所罗门·魏斯特的故事 [1]

这是所罗门·魏斯特的全部故事。

总是匆匆忙忙却从不着急,
他瞎忙,工作,长期苦干
最终一事无成。
这就是所罗门·魏斯特的全部故事。

他生活在许愿与奋斗中,
终其一生却一无所获;
他在痛苦与汗水中辛勤苦干,
而这一切都没有结果。
这就是所罗门·魏斯特的全部故事。

他想得很多,却没有信念,

---

[1] 所罗门,古代以色列国王,以智慧著称。魏斯特,Waste 的音译,意为废物。此诗译自托尼·弗雷泽整理的版本。

他的感情充其量是痛苦；

他虽然和善，憎恶邪恶

却可能获得了魔鬼的称号。

他的每一个愿望和决心

甚至在他脑海中都是混乱的。

这就是所罗门·魏斯特的全部故事。

诸事有始无终，

很多事没完成，很多事都想做，

所有错误的事从不改正：

这就是所罗门·魏斯特的全部故事。

每一天都辜负了新的计划，

而每一天都是一样的。

他出生死亡，在生死之间

他担心自己被戏弄。

他忙碌过，焦虑过，感动过，哭泣过

但在他的生命中没有更多可说的

除了两个明确的事实：他活过，然后死了。

这就是所罗门·魏斯特的全部故事。

1907 年 8 月 11 日

在大街上

但我,我的维特,坐在这一切之上;我与星星独处。

——《裁缝重新剪裁》[1]

我走过窗前
  室内窗帘映出明亮的灯光,
我看到房里不时
闪过的影子,打在
  窗帘泛黄的白色上。
别的窗户有些微光但显示:
房内,人在聊天,我知道。

而我感到寒冷,感到孤独,
  不是因为我没有亲人,
而是——啊,梦想永远不会实现!——

---

[1]《裁缝重新剪裁》(1833),英国作家托马斯·卡莱尔作品。

在许多人中，我是一个，
　　就像花丛中的坟墓；
一个人，比想象的
更孤独。

如果我生来就不渴望
　　超越那些生命
不疲倦的人过的生活，
他们在炉火旁聊天打盹
　　确实很满足，
在那些窗帘后面，凭借那灯光
街道有些明亮；

如果我渴望的不过是这些，
　　我所有的愿望都会被束缚
在家庭或社会的安逸中，
在世俗而平常的欢乐中
　　或到处玩耍的孩子们中，
那时我只想过普通人的
普通生活就幸福了。

但是噢！在我心中

有些事情不能让我保持平静——
一种神秘而发狂的聪慧
让我坐立不安,
　　　一种疼痛,一种苦恼,一种疾病;
一个疲惫的西西弗斯,我对着
世界这块讽刺的石头呻吟。

我,永远被排斥
　　　在社交和欢乐之外,
痛苦的心在沉思
直到思想变得狂野
　　　淹没了孕育它的灵魂——
我哭泣着明白了欢乐与痛苦
并存于我心中。

正常之前的冰冷,我陷入
　　　冰冷和恐惧,
就像一个老者,可怕的老者,
怀揣着他不能解释的
　　　自命不凡的秘密
但世人的目光却向他
不知休息的头脑暗示了这一点。

饭后聊天多好
　　坐在半睡半醒中，
没有责任感，极其平淡
舒适，安逸，废弃了
　　深深的渴望；
活得轻松自在，没有痛苦，像大多数人那样
也不觉得安逸是错误。

家、休息、孩子、妻子——
　　这些都不适合我
我希望超越此生的这一切[1]
内心的争吵无休无止
　　不知胜利为何物。
啊我！没有人理解
这个超越一切的愿望。

剧院里的一些人散场了
　　其他人在欢乐之地
总是那么高兴快乐，
　　思想和关怀的猎犬陷入困境

---

[1] 此句另一个版本为"我只在今生渴望这一切"。——原编者注

不能欢笑或玩耍：
那些在家中等待的人，
窗户里透出微弱的光，

舒适，这些家庭必定
  沉浸在某种睡眠中，
沉浸在表面生活的深处
很难了解那些心在坚持什么
  （……）
然而这些都是正常的；我叹息
害怕他们的生活——我是什么？

哦，快乐！哦，幸福的顶峰！
  不求别的，只求生活，
感受快乐，感受痛苦，
由朋友、孩子、妻子带来
  正常一些的，不太正常的！
对我的灵魂来说，所有这些
都比不上我内心的疯狂。

我流下悲伤的泪水——哦，不能
  像这些人一样活在人类的欢乐中！

哦，我可以像理智和习俗
能给予的那样相信
　　　活着不会腻烦！
人的幸福是可怜的，我知道，
却是真实的——与悲哀完全不同。

有时我梦想坐在
　　　自己的火炉旁，静静地
看着我的妻子和孩子轻快掠过
在半睡半醒中
　　　在一个梦幻般的欢宴中；
我的心灵高贵而纯洁
不愚蠢，也不费解。

有时我梦见这样
　　　与世隔绝的一个家，
梦见万千书卷中的一本巨著
梦见可以让我的心漫游的生活
　　　淡漠、孤寂而自由；
那种宁静或许可以安慰
我疼痛的心，我悲伤的灵魂。

但是，一想到这样的快乐
　　简单地存在于这里，
就像其中有一种毒液
我颤抖，战栗，变得悲伤
　　似乎伴随一种神秘的恐惧；
我害怕想到我的生命会消逝
像过去和现在那些人的生命一样。

我害怕想到有家人和朋友的
　　甜蜜生活。
我的目光触及他们遇到的有限事物
憎恶——房屋和街道
　　以及一切有尽头的事物。
我不知道我向往什么，
却知道这是我不渴望的。

所以总是互不相容
　　一贯冷酷
我走来走去，在自己的地狱深处，
听着钟声在我心中敲响
　　它告诉我我衰老了，
然而，这钟声如此奇异，

它承载着变化的神秘。

就这样——唉！我必定
　　在哪里都是一个陌生人；
麻风病人都排斥我
不靠近我
　　我无法忍受生活；
世界是我的家，我的兄弟
是监狱，是捆绑与囚禁我的锁链。

我走过。窗户已在身后，
　　我忘了它们的平静，
而我的心仍在因想象与感受到的
事物而颤抖；在风中
　　我不停徘徊，
我欣喜而悲伤地感知
其他人都不能想象的东西。

1907 年 11 月 12 日

女巨人

我看见一个滑稽的女巨人
独自在一场盛大的宴会上,
努力吃着大块美食
它们形成了一个坚硬的整体,像石头。
但对她的嘴来说这太多了,
她如此贪婪,
这使她空虚愿望的地狱加倍;
她的嘴张得很大,无力地啃着,
要不是因为不想显得可怕而控制着笑,
她会笑出声来。
在她不可能的空虚盛宴上,
我看到了她,看到了她的绝望,
"吃那么大的东西
你不是白费力气吗?"我问她,
然后开心而粗鲁地大笑起来。
她泪流满面地说:"这块肉

因为太大吃不下去

我不断疯狂而痛苦地咀嚼,

  美是完整的整体。"

我看着她不再笑了,

而是哭起来,因为我明白了。

        1907年12月6日

为我建造一座小屋……

　　为我建造一座小木屋
在森林深处,一个简单安静的家。
　　就像睡梦中的呼吸,
在那里,所有愿望都不再漫游
所有渺小之物都会保持快乐。

　　然后建一座高高的宫殿,
灯光与房间融为一体,
　　一种奇异的感觉让我屈服,
我的愿望从小屋的幽暗中
要去向何处,去而复返,没有实现。

　　那就给我挖个坟墓吧,
我终于可以拥有

小屋和宫殿不能给予的东西，
让所有疲惫的生活
像最后的波浪一样停息。

1907 年 12 月 20 日

巨人的回复

我在路上遇到一个巨人；
　　他看起来比造物更聪明。
"告诉我一些真理吧。"我的舌头就这样
　　向那个庞然大物泄露了我的灵魂。
——"只有一个，"他用一种苍老而陌生的
　　声音喊道，"瞧，万物远不是看起来那样，
它们比存身于其中的时间更多变，
也比它们占据的空间更繁复。"

　　　　　　　　　　　1908 年 1 月 10 日

一个问题

"告诉我,"一天一位诗人对
　　一个深沉而残酷的人说,
"如果你不得不做出选择——
在目睹你如此深爱的妻子死去——
与无法弥补地彻底失去
　　你所有的诗之间——
你宁愿感受哪种损失?"

诗人突然悲哀而深感忧虑地
望着他,他因这个
不可预见的问题僵住了
他尽力平静地沉默着,
没有回答;而另一个人
却微笑着,像哥哥对弟弟一样:
那惊愕的痛苦目光
和突然而强烈的自我认知

以及崭新的自我意识

是苦涩的,正如他猜到的。

暴力不只是一个微笑。

                        1908 年 1 月 10 日

墓志铭[1]

这里躺着一位诗人,他疯狂而年轻
二者相伴而生
至于他唱过的那些歌
它们是冬日天气里的燃料。

1908 年 7 月 4 日

---

[1] 这是理查德·泽尼斯整理的《墓志铭》,下一首是托尼·弗雷泽整理的《墓志铭》。

墓志铭

此处躺着的这个人自认为是
世界范围内最好的诗人；
终其一生，他没有快乐和休息。

他在许多歌中充满了疯狂。
无论在什么年龄死去
日子太多，他活得太长。

他活在无力的自我中心里。
他的心被思想和感觉的无尽分裂
搞得动荡不安，混乱不堪。

在任何事情上他都有一个敌人
在没完没了的生活苦恼中
没有勇气承担他的责任。

他是悲伤和恐惧的奴隶
他有不连贯的想法
渴望靠近疯狂。

他爱的那些人,他以邪恶的手段
对待他们,比对待敌人还坏;但他
最坏的敌人仍是他自己。

他曾歌唱过自我,
不会谦虚,
锁在他的狂想里。

他所有的小麻烦一概无用
他的恐惧与痛苦毫无意义
其中有许多很可耻。

他的苦恼微不足道,毫无价值;
他的话语,远比仇恨更苦,
但他痛苦的灵魂不能表达。

因此,他是可怜的,邪恶的。
但他还能在心软时啜泣……

没有人知道他疯了。

不要让健康的头脑玷污
他的坟墓,但适合叛徒和娼妓
从那里走过。

醉汉和酒鬼可能也会从那里
走过,但要快些,免得他们思索。
也许,快乐不过是空气。

每一个软弱可憎
以其腐朽折磨着人类的头脑
都会自觉地在这里找到它的主人,

自觉地,因为从他身上他能看出
疯狂与疾病是他们的本来面目,
但他也不想平息。

因此,你们能哭泣的人请从那里走过吧;
当狂风横扫枯叶时,
让腐朽在不经意间发挥作用。

他沉睡在草地的兄弟
即使在想象里
也不要用神的名义来打扰。

就让他永远安静地躺着
远离人们的眼和嘴
远离他断绝他们的一切。

他是上帝创造的生灵
除了活着的罪
他还犯了拥有思想的错。

在路上 [1]

当清晨的生命在阳光的金色海洋中
　　嗡嗡作响时,我们出发了,
一股清新的气息扑面而来,
　　清新的灵魂在运动。

上山,上山!下到山谷!
　　此刻在平原上更缓慢!
此刻,摇摇晃晃的马车轴在快速转动。
　　此刻我们在沙地上无声前行!

但我们一定要到达某个村镇,
　　我们的眼睛流露出忧伤。
我们能否永远永远行进
　　在我们逢迎的阳光和空气中;

---

[1] 题目下写着"在马车里"。——原编者注

在无垠的道路上，迈着矫健的步伐，
　　伴随无尽的自由骚动，
阳光永远环绕着我们，照在我们脸上
　　清新的灵魂在运动！

　　　　　　　　　　　1908 年 10 月 26 日

兄弟会

我没有理由去爱人类,
唉!人类也没有理由来爱我;
对于人类的所有卑劣,我并不盲目,
而我所有的卑劣,人类也看得清楚。

如果我不用语言表达我的憎恨,
我知道,没人这样做,所有人
都不理解;如果我说出来,
他们也仍不知道它。

所以,一切的本能,相互的憎恨,
隐藏在微笑下面,我们彼此忍受。
我对全人类的仁慈评价甚高;
而我憎恨每一个人,称他"兄弟"。

1908 年 10 月 26 日

致我最亲爱的朋友

当我死时,你会——我知道你会——
为我的早逝写一首深思熟虑的十四行诗,
在诗中表明生命不过是疲惫,
你会注意到我躺着,苍白、冰冷、安静。

在四行诗中,你也会写
一些思考:呼吸是多么短暂,
大地之下是多么冰冷而沉重,
无论好坏,生命都将终结。

在这后面,在三行诗中,你会说
死亡是个谜,没有什么可以停留,
也许不朽是真的。

然后,你要在上面签名,

再读一遍这首十四行诗,

看到它写得很好,你会满意的。

        1909年2月25日

逼近……

拖着稳定的脚步,就像蔓延的仇恨,
通过我清醒大脑的黑色寂静
我听到疯狂的脚步声,并痛苦地感到
它踩踏的大地在蠕动和颤抖。

怎样避免它迟早的到来?
怎样不感到心灵的徒劳挣扎,
而是扎根般躺着等待它可怕的统治
就像命运不可抗拒地降临?

如果疯狂像闪电一样降临——
突然——那将是最轻微最严重的疾病……
但是,哦!清醒地感受清澈的风景

理智的白昼在迅速成长中走向黄昏，
而理智的黄昏，苍白而寒冷，
黑暗朝无法穿透的黑夜渗透。

1909 年 3 月 28 日

《疯狂的小提琴手》(1910—1917)

一、疯狂的小提琴手

疯狂的小提琴手

不是来自北方的大道,
　　不是来自南方的小路,
他的狂野音乐
　　那天第一次流进村子。

他突然出现在小巷里,
　　人们都跑出来听,
他突然走了,他们
　　徒劳地希望他出现。

他奇异的音乐使每颗
　　渴望自由的心躁动不安。
它不是一种旋律,但
　　也不是没有旋律。

在遥远的某个地方,

被迫生活
在远处的某个地方，
　　他们感到这曲子在回应。

回应了他们
　　胸中所有的渴望，
那种失落感
　　属于被遗忘的追求。

幸福的妻子现在知道
　　她嫁错了人，
快乐深情的情人
　　也厌倦了爱，

少女和男孩庆幸
　　他们只有梦，
孤独悲伤的心
　　在某处感到不那么孤独了。

每颗心中都唤醒了花朵
　　她的触摸让尘土洁净，
心的丈夫的第一时刻，

让我们完整的事物，

前来祝福的影子
　　来自未表达的亲吻深处，
明亮的不安
　　胜过安宁。

正如他到来，他离开。
　　他们只感到他的一半。
然后他静静地
　　与寂静和记忆融为一体。

睡眠又离开了他们的笑声，
　　他们恍惚的希望不再持续，
只是过了一小段时间
　　他们不知道他已离去。

然而，在生活的悲哀，
　　因为生命不受意志支配，
返回梦中的时刻，
　　让人感到生命的寒凉，

突然间,每个人都记起——
  它发光如一轮明月
升起在他们梦想生活的余烬上——
  疯狂的小提琴手的曲调。

  1915 年 8 月 18 日和 1917 年 4 月 20 日

岛

在哭泣,小提琴和六弦提琴,
　低音长笛和细巴松管。
瞧,一座被施了魔法的小岛
　在月亮下面与月亮紧密相连!
我梦中的脚步沙沙响地穿过它
　光影交错的方格图案。
哦,我的灵魂怎能不向它求爱
　从这恍然一梦中!

小提琴、六弦提琴和长笛。
　看,小岛悬在空中!
我徜徉其间,默不作声
　失去了太多关爱。
空气不在那里飘浮
　没有空气,只有月光。
六弦提琴和巴松管的

  每个音符都熟悉它的路径。

然而,那座小岛是真实的吗,
  就像我们确凿的人类之岛?
长笛、巴松管和六弦提琴
  不过是用声音打开一个入口,
并以某种方式显示在某个地方,
  从我这里看出去
那座悬垂摆动的罕见之岛
  在月亮编织的大海里?

也许它比我们的岛更真实。
  这些有多真实?但是,瞧!
那座小岛不知晓时光
  也不需要知晓,
它真实有根
  在月亮熟悉的某处,
随长笛、小提琴和
  巴松管声的消逝而消逝。

变狼狂想

在某处梦会成真。
　那里有一个孤独的湖
月光照耀着我和你
　因为我们而无与伦比。

那里有深色的白帆
　驶向茫茫无情的风
它把我们睡梦般的生活
　带到水域消散的地方

进入黑树的海岸，
　未知的树林在那里会合
湖的愿望更多，
　并让梦完整。

在那里我们将隐藏消失，

空旷的月光束缚着一切,

感觉被我们做出的东西

不知怎的很悦耳。[1]

　　　　1915年5月2日和1917年4月8日

---

[1] 此句另一个版本是"有时很悦耳"。——原编者注

咒语[1]

从月光照耀的梦境边缘
　　我向你伸出受挫的双手,
哦,全力感受
　　眼睛看不见的那些气流!
哦,被精神之光加冕!
　　哦,蒙上了精神的面纱!

我的梦想和思绪减弱了
　　它们的三角旗在你脚下,
哦,天使生得太晚
　　让堕落的人类无法遇见!
在什么新的感官状态中
　　我们缠绵的生命会感到甜蜜?

---

[1] 发表于1923年3月《当代》(里斯本)。——原编者注

必须梦见什么新感情
　　我才能认为你是我的？
什么纯洁的情欲？
　　哦，像藤蔓一样
缠绕着我爱抚的信任！
　　哦，梦中的烈性美酒！

1912 年 11 月 22 日

不是我自己了

我感到脸色苍白，我颤抖。
　　月光的什么力量
在河下颤动
　　让我如此快乐地痛苦？

月亮发出的什么咒语
　　释放了我所有的灵魂？
哦，跟我说话吧！我神魂颠倒！
　　逐渐摆脱生活的掌控！

我是一个遥远的精灵，甚至
　　在我感受到的这个地方。
哦，河流极宁静
　　为了我的安宁！

哦，莫名的生活之痛！

哦，为某事的悲伤！
哦，月亮赐予的痛苦感觉
　　我是徒劳的国王

在某个被咒语束缚的寂静王国里，
　　在孤寂的月球上！
哦，疼痛就像濒死的长笛
　　我们不想再吹奏！

二、闪光的池塘

去别处

让我们走吧,我的孩子,
　　走向别处。
那里的日子永远温和
　　田野永远美丽。

那里有人快乐自由地游荡,
　　月亮照在他身上,
编织着
　　不朽的光影。

那里的事物看上去很有朝气,
　　甜蜜的故事讲不完,
那里有真正的梦歌被唱出来
　　我们可以看到歌唱的嘴唇。

时间是瞬间的极乐,

生命是得到满足的干渴,
爱就像在吻中
　那初次得到的吻。

我们不需要船,我的孩子,
　但我们的希望依然美好,
没有桨手只有狂想。
　哦,让我们去别处寻找吧!

1913 年 1 月 7 日

闪光的池塘

去吧：你没有什么可宽恕的。
梦想胜过生活。

但他会看到上升的太阳
任由一切未完成；
他的思绪就像变幻的面具
游离于他注意的工作之外。

他只会穿过比那些照透
 童话故事窗玻璃的绿光
更绿的山谷
 漫步，重新思考世界。

只有为他这样坐在台阶上唱歌
 忘了他的路的人
仙子的鸟儿展开翅膀

仙子的花朵长得更宽阔。

他将找不到一只手来满足
他需要的沉默之源。
没有人会为他指点一条小溪
让他解婴儿之渴。

但比今天更绿的山谷，
比远方更珍贵的思想
会敲打他的窗户，唤醒
他的清新和其他的渴望。

就像一个女裁缝静静坐在
　人迹罕至的乡村
　夕阳下的窗前，
他不会属于任何坏东西，

但无形的，就像愿望，
　他的灵魂将如一道彩虹穿越
　他失去的雨后翠绿的牧场
而大地将绽放言语之花。

1915年2月1日

诗[1]

我心里睡着一首诗
　它将表达我的整个灵魂。
我感到它模糊如声音和风
　却分明确定如雕刻。

它没有诗节、诗行或词语。
　甚至当我梦见它时,它并不存在。
只是对它的一种感觉,很模糊,
　只是一团萦绕着思想的快乐薄雾。

日日夜夜在我的神秘里
　我一遍遍地梦它读它拼写它,
总是簇拥在我心里词语的边缘
　它模糊的完整性似乎在盘旋。

---

[1] 另一个题目为《伴奏》。——原编者注

我知道它永远不会被写出来。

　　我知道我不知道它是什么。

但我很高兴梦见它，

　　虚假的极乐，尽管虚假，也是极乐。

1915 年 11 月 2 日

如果我能把我的诗刻在木头上 [1]

如果我能把我的诗刻在木头上,
孩子们就会明白,

我的诗和孩子们的思想
在上帝那里的意义如此接近。

因为孩子知道,逻辑和意义
只是虚无,没有任何筛选,

孩子是神明,知道
万物都是玩具,万物都很公平,

一个顶针、一块石头和一卷棉线,
都是我们可以感到的神圣事物,

---

[1] 此诗无题,暂以首行为题。

而且,如果我们用这些东西造人,
它们就真的是人,而不是想象。

因此,我希望能把我的诗
从单纯的想法中抽离出来,使它更好

把我的诗句变成看得见的
雕刻、绘画或类似的东西。

这样,我就是孩子们的诗人了。
虽然我可能永远不会知道这一点

由于外在的意义使生活更悲哀,
每一张天真无邪的脸都显得更快乐,

我的灵魂失去了知识,失去了补偿,
上帝会赐予它感觉——

当孩子们按照快乐的意愿表演
我的诗时,他们更像孩子的感觉

他们玩着玩具,蜷着腿,
在可见的世界轻微地犯错。

1916 年 9 月 17 日

悬念

我做梦，奇异的朦胧力量
　　我闪亮的睡眠助手；
如阵雨来临的声音
　　悄悄向我移动，响亮的嘘声；
瞧！我所有被遗忘的时光
　　像薄雾一样围绕着我。

我死去的自我的幽灵
　　围绕我编织一张虚假的网；
我梦不到的梦，苍白的精灵，
　　现在是我肉体的一部分；
我的一切是在梦上的
　　无我的架子，我无法触及。

我触摸触摸不到的事物；
　　过去的日子我阳光快乐；

遥远的声音，像附近的翅膀，
　　出现在我盲目的精神道路两侧；
从大山的另一边响起
　　召唤赞美的钟声。

但我厌倦了做梦，
　　厌倦了在沙漠般的
空间里一成不变，
　　不情愿地与生命
玩游戏，远处的星却闪闪发光
　　在没有名字的死地上。

1911 年 9 月 6 日

三、错误的选择

夜光

保姆，我现在知道
　爱是徒劳。
　　当我还小的时候
　　　你常常唱歌
并抚慰我的额头
　直到平息失去的痛苦。
　　那歌声给我
　　　带来回忆。

我希望再次
　感觉那个孩子
　　你让我睡去
　　　唱得如此低沉，
如此低沉以至于真实的
　事物被欺骗了
　　看着它们离去

让我哭泣。

保姆，在我床边
　再给我唱一遍
　　那首歌。我喜欢
　　　现在不抱希望。
我的心在流血
　直到快乐也似痛苦。
　　在我被爱抚的
　　　额头上柔声歌唱。

哦，迷失在梦
　与睡中的区域！
　　哦，你没有讲过的
　　童话，
却从你歌声的波涛
　涌动和咒语的
　　深处
　　　翻腾而出！

唱吧，就像你
　在倾听。

唱吧，仿佛我
　　　没有更多的世界
只有整夜
　听你唱歌，
　　　这时我诡秘的呼吸
　　　　旋绕在我胸前。

我为何活
　过那些时光
　　当你唱歌时
　　　　也许是我梦中相信的
女王之歌，
　也许是花朵之歌，
　　它们散失的香味密集地
　　　透过我的感官屏幕？

为什么我失去了
　我没有的东西
　　除了你的声音，
　　　我的心和黑夜？
我为何选择了
　　生活、爱情和思想，

通过错误的选择

　　　　　和虚假的正确？

摇篮曲，保姆，

　　再次为我歌唱吧。

　　　歌唱，直到我发现

　　　　我的心不再孤单，

生命，生命的灵车 [1]

　　让梦自由，

　　　不受限制地收缩

　　　　进入未知。

你不再是

　　我唱歌的保姆，

　　　我的童年甚至

　　　　再造了我。

不：你是睡眠的

　　时刻，它带来了

　　　那没有景色的景色，

　　　　没有痛苦的痛苦；

---

[1] 以下四行的另一个版本："直到忧虑散开 / 像树叶一样自由 / 当疾风 / 让它的呻吟变得新鲜。"——原编者注

神圣而朦胧，
 慈母般的夜晚[1]，
  我的灵魂在那里
   萦绕着过去
我喜悦的
 空虚边缘
  以及痛苦与匆忙的
   少量悲伤；

融入黑暗，
 越过床
  陷入平静
   化为乌有，
幽暗的吠声
 被遗弃，
  从自我和思想中
   得到抽象的解脱。

      1916年9月7日

---

[1] 此句的最初版本是"兄弟般的夜晚"。——原编者注

空虚

患病的白昼感染了
　　湖水苍白的颜色。
风景的轮廓
　　突然消失，地平线
像一面暗淡的战败旗帜
它死寂的边缘毫无目的。

让我的心抛弃一切。
　　我将因我的一切更丰富。
每一次呼吸，每一只飞过的翅膀
　　让我带走我自己。整个天空
侵蚀我的自我意识，
转移我真正的痛苦。

因为我真正的悲伤并不是
　　白昼像我一样悲哀，

而是没有一刻能减轻

 我承受的痛苦

当生命如车轮般逝去

我却要随身带着它看着它感受它。

不：比天空和平原更模糊的东西

 是我心中的黑暗与跌落；

我的悲伤是更空虚的痛苦

 超过了平原能象征的程度；

我的生命和自我的空虚重量，

除了它本身，什么都不像。

1914 年 10 月 12 日

单调

每道炙热而有阴影的余烬
  都包含着外部的潮湿。
让我们，我的生命，把我们的
  思绪肢解成悔恨。

意味深长的寒风吹
  在湿透的窗玻璃上
我们的心，唉！再次
  寻求生活时感觉更老。

黑夜令人伤心。每道红色的余烬
  躁动得更火红！
唉！当我想起
  我希望我能忘记。

多么茫然而寒冷的狂风吹进

我的灵魂就像吹进一扇门!
我的灵魂不再是
　　梦的活跃中心。

让每道余烬更令人吃惊!
　　让火更近些!
当记忆意味着悔恨时,
　　回忆是多么容易!

潮湿的风更高了
　　一切都围绕着我孤独的感觉。
我的眼睛没有离开那堆火,
　　我的嘴唇呻吟着一个模糊的名字。

无用地转移每一道余烬!
　　我们的灵魂都是悔恨。
我们悔恨我们记得的
　　也悔恨我们遗忘的。

哦,更冷更狂野地吹着
　　风穿过潮湿的黑暗!
在我过去的坟墓上闪烁着

一朵盛开的红玫瑰。

黑暗吞噬每一道余烬。
　我不去搅动它们，却又焦虑不安。
我们的生活是回忆
　我们的愿望是忘记。

我的神秘来触摸
　我的肩膀直到我恐惧。
红玫瑰已死。就像
　过去的我现在已死。

苍白的余烬，我愿意
　没有痛苦或悔恨地忘记！
或者，我希望记住
　而不希望忘记！

1910 年 5 月 15 日

四、四重悲伤

河

许多河朝下
　　流入许多大海。
我关心的只是一个：
　　在哪条河上
　　我的心能拥有宁静？

每条河都有两道岸。
　　我在每道岸上都不会迷失
听那奔流的颤抖
看河总是
　　流淌，却似停留。

或许在我身体里有另一条河，
　　但离我很远。
在那里可能遇到我永恒的
　　教友。

这将出现在什么神里？[1]

什么都没有：所有树叶
　都从树上飘落。
许多河迅速穿越
　河床流过悲伤之地
　流向我心中的悲伤。

1913 年 2 月 28 日至 3 月 1 日

---

[1] 理查德·泽尼斯整理的这首诗到此为止，下一节译自托尼·弗雷泽整理的版本。

其间[1]

很远,很远,
  远离这里……
快乐之后没有烦恼
  或远离恐惧
  远离这里。

她的嘴唇不是很红,
  她的头发也不全是金色。
她的手在玩戒指。
  她不让我抓住
  她玩金子的手。

她在过去的某个地方,
  远离痛苦。

---

[1] 发表于 1920 年 1 月 30 日《雅典娜》。——原编者注

快乐不能触动她,希望也不能
　　进入她的领地,
　　没有徒劳的爱。

也许有一天
　　在光影之外
她会想起我
　　让我完全快乐,
　　完全看不见。

1917 年 3 月 15 日

插曲

无论我们梦想什么,
　我们的梦想是真实的。
无论看起来如何,
　上帝都能看见
因此它
就像这一切一样真实。

无论我们希望什么,
　我们在别处拥有它,
现在,总是现在,我们
　在这里那里很富有。
在我们的毛毡里,我
上帝,我们自我发现。

有时我觉得希望
　会让这一切成真,

但我停止了，我摸索着，
　　生活、恐惧和悲哀
是剩下的一切。
为什么会有这些痛苦，

这种令人兴奋的不安
　　伴随着可能的欢乐
所有痛苦都充满了
　　我们的希望直到它发腻？
为什么会这样，为什么
是否一切都不确定？

哦，给我一阵
　　草地上的微风，
让那微风快乐
　　我也不明白。
因为所有痛苦都是
对极乐的模糊愿望。

1916 年 7 月 22 日之前

虚无

天使们来找她。
　她们发现她就在我身边,
她的翅膀把她带到了那里。
　　天使们把她带走了。
　　她离开了她们的家,她们的上帝光明的日子
来到我身边居住。

她爱我,因为爱
　爱的只是不完美的事物。
天使们从天而降
　　把她从我身边带走。
　　她们把她永远带走了
在她们发光的翅膀之间。

她的确是她们的姐妹
　和她们一样接近上帝。

但她爱我，因为
我的心没有姐妹。
她们已经把她带走了，
这就是一切。

五、狂热花园

狂热花园

1

活生生的红色恶魔雪花
　将罪恶的空气毒化为
原子清晰的红色病花
　　无根地伸出黑夜和那里

联系本身就是一个离合器
　在悸动的脉搏上窥见
所以幸存下来的太多
　　与存在并不相邻

却又是春药光环或性伙伴
　围绕祭坛邪恶仪式歌唱
记忆中的罂粟花

会加速旋转欲望的蛛网圈

自我围绕着阴茎矗立
　　从理智到感官的中途
　　在它的虚空周围一团舌状的薄雾刺
向割破的嘴唇使意识流血

2

她在圣餐仪式上被鄙视
　　由于玷污圣物的恶习
把阵痛变成圣餐
当情欲用针状柔软的翅膀搔痒时

因为她的嘴红到紫变成黑
　　在失落的仪式中提供一个空间
打断了我们的心跳轨迹
　　感知恶魔的无限

直到即将痉挛时抛出

就像意识上的斗篷

面纱在寺庙废墟中被撕裂

舌头之花从空间中再次露出

1915年9月1日,1917年4月21日和1917年5月5日

破碎的窗户

我的心沉默如眼神。
　群山那边有一个家。
我的心沉默如眼神。
　我的家在那里,在群山那边。

我背负着心像一个古老的诅咒。
　没有理由悔恨。
我背负着心像一个古老的诅咒。
　为什么我们要推理或悔恨?

我的心住在我体内像个鬼魂。
　在群山那边我的希望躺着已死去。
我的心住在我体内像个鬼魂。
　在我的希望那边群山躺着已死去。

他们拿走了我的心像杂草。

我活着这是不真实的。
他们拿走了我的心像杂草。
我不认为它真的活着。

如今我的心里有很大的污点。
它们像地板上的血痕。
如今我的心里有很大的污点。
我的心躺在地板上。

如今房间永远关闭了。
我的心如今已被活埋。
如今我的心永远关闭了。
整个房间已被活埋。

1915 年

伊西斯[1]

在凉爽的柱廊中
　　这为她的心情提供了白色的入口
她美丽的雕像非常可爱地
　　站成静默的一排。

它们是十二个,心灵
　　将它们各自被看见的生命汇聚成一种感觉;
第十三个,合在一起,
　　意味着她的灵魂及其会合。

五座雕像意味着五种感官,
　　七个是她神秘的思想。
第十三个雕像似乎活在
　　她生命的旁边,对它一无所知。

---

[1] 伊西斯,古埃及神话中掌管生命、魔法、婚姻与生育的女神,被视为完美女性的典范。

夏天就在她的窗帘外，
　　微风悄悄吹进她的大厅，
从她的窗户失去的林间空地
　　是灵魂回忆起来的东西。

她用天堂般的建筑建造了
　　她内心预期的房子。
太阳把柱子的长长线条
　　投在她的存在冰冷坚硬的地板上。

然而，她是缺席和绝望的，
　　她的雕像等待着她的新时刻，
从她听觉的阴影里
　　雄蜂的低语开出花朵。

无论如何，无论何时。
　　一切就像梦一样凉爽
当微风拂过我们的痛处，
　　我们躺在水池边，

在我们恢复的想象中
　　一个更大的水池出现，

我们身体的所有感官都鄙视

　我们天生缺乏鳍和翅膀。

我还是在她的柱廊旁停下来。
　那里的影子清晰而迅速。
轻轻地，就像一个吻，我希望，
　并已经，像燕子一样飞过。

1915 年 5 月 25 日

厌倦

在低垂阴沉的天空下,
悲叹的孤寂之风吹皱眉头,
苍白地渴求高处的光,
直到风景的灵魂叹息永远,
　永远叹息,
一条萦绕着平静的黑色河流,
把自己与一个小镇隔绝开来,
流淌着内心的恐惧和颤抖
就像一种模糊的命运永远接近,
　更接近永远。

啊,穿过那从梦中消失的风景
进入可怕的真相,流露出
那自我陶醉、自我空虚的小溪
它承载着梦的情感之梦
　流向情感的梦——

从一片没有观念的土地奔流

奔向可能的远洋；

而他们，他们的眼睛痛苦却没有转动

沐浴其中，将情感的梦

  当作梦的情感。

                    1913年2月5日

无名少女 [1]

让你的手把
　我的头发向后梳。凝视
　　我的眼睛。
　有一条小溪奔流
径直穿过我
　低声呼喊的热情。

让你的手在我
　额头上休息
　　让你的眼睛
朝此刻我眼中的
　不安微笑

---

[1] 十九世纪八十年代末,一具少女的尸体从塞纳河被打捞上来,其身体完好,脸上还有笑容。有医生用石膏据此做了面具,成为许多艺术品的原型。中国诗人冯至留学德国时在书店里见过其雕像,写下散文《塞纳河畔的无名少女》。

暂时属于你。

啊,别忘了
　让那触摸
　　被我感觉到,
轻盈如它的
　思绪,就像
　　希望能达到的那样。

让你的手拂
　过我的头发
　　一小会儿。
我好像睡着了
　却不禁
　　感到我在微笑。

所有事情都失败了。
　所有希望都破灭了。
　　所有欢乐都是短暂的。
　　　啊,让你的手,
仿佛它因感到悲伤
　而畏缩,

给我解脱!
哪怕
　　没有人理解。

啊，让你的手
　在我额头上。
如今生活
　　一文不值
　　　痛苦似乎很脆弱
思想是个泥淖。
把我的头发向后梳
　　从我额头的痛苦中。
那里奔跑着一条轻快的
　　　轨道穿越
　我沉重的大脑。

这是什么意思？
　这些词被谱
　　　成一种闲散的曲调。
　我从未后悔
过什么。
　免得让我的休息焦虑不安，
　　真正的休息，快来吧!

地平线

1

在深海中闻所未闻的深度,
  在凉爽的洞穴深处
(战利品不是给你的)
  永远沉睡。

没有向上的视野或闪亮的山峰
  回报你的痛苦。
秘密的天使不会计算
  你失去的收益。

在斯芬克司的嘴上,故事已死,
  路上长满了青草。
我们的悲伤将跟随你的指引,
  穿越未知。

你是藏起来等待，还是安静地休息？
　　沉默禁止了什么？
至少给我们你未完成的探索
　　和鲜花盛开的草地。

1916 年 10 月 5 日

2

大海已是一条泛白的线
　　沿着我的愿望，
风吹来，朦胧而美好
　　用它怪异的触角

触摸我常见的绝望和痛苦，
　　我的惊奇和黑夜，
即将到来的雨的微妙感觉
　　还有我失去的欢乐。

拥有爱的理由的缺失
　　对这些都是安静的，
神秘的幻象，闪亮的小树林
　　和最后的树。

她的手指漫不经心地摆弄着戒指[1]

你的样子里有堕落的天使

　你的微笑中有跨越无声溪流的大桥。

你的姿态是一位孤独的公主,对着一本书做梦,

　在湖边的窗前,在某个遥远的小岛上。

如果我伸出我的手触摸你的手,

　那将是东方某座城市塔楼后的黎明。

隐藏在我手势中的话语将是海上的月光

　你是我灵魂中的某种东西就像盛宴中的欢乐。

---

[1] 在埃德温·霍尼格与苏珊·布朗编的佩索阿的诗集中,此句被作为该诗的第一节,其题目是《一首感觉主义者的诗》。二者内容也有差异,泽尼斯整理的应该是修改前的版本,其第三节后两行为:"水柱在不真实的聆听中返回 / 这是我用声音从你收回的话中摘下的花。"第四节最后一行为"一个生病的孩子透过你允许的窗户看到模糊的雨"。第五节前两行为:"不要踏入寂静的宫殿,我们的意识在那里 / 看见花园,过着复制同一个灵魂的生活。"此外还有两处单词不同,已择优而译。

让你的沉默告诉我你的无数梦想，
  让你低垂的眼睑延长远方的风景。
我只求你进入我的梦境，忠实于
  我内心更广阔的海洋和永恒的日子。

花开了，花开了，花开在你将要说话的路上。
  十八世纪的花园，它们此刻在我们的梦中如此
    悲伤，
通过你的眼睑，嘴唇，脸颊，你意识到你自己。
  哦，通往乌有乡的路已为我们备好，到那里我
    们获准有这样一个新上帝！

不要驱散寂静的宫殿，我们的意识在那里
  如今统一过着复制同一个灵魂的生活。
在彼此的梦中，我们是什么，
  不过是一幅画，一幅从未绘画的画家的杰作？

          1916 年 11 月 26 日

六、沉睡后的歌

丢失的钥匙

远离海岸!
　　厌倦每一片海!
万物总是
　　比它们看起来更多。
什么脚步从我门外走过?

未达成形状和思想!
　　让理智和情感消逝!
哦,乐极
　　生悲,直到幸福迷途!
什么鸟迅速飞过我窗帘?

但愿那些脚步不是脚步,
　　那些鸟是梦中的翅膀,
仍有一种痛楚超出
　　它依附的生命的限度,

虽然脚步无法帮助我了解什么是疼痛
我心中也没有鸟儿歌唱这痛苦。

1913年2月8日

向日葵

1

所有发光之物都是上帝的眼睛。
　　所有运动之物都是上帝的话语。
　　万物皆在教诲
唤醒我们思索。

上帝的思想是绿色的,当它们是树叶时,
　　上帝的思想是黄色的,当它们是向日葵时。
　　然而,它们相距甚远,各自发光
从上帝用来编织的双手上。

我在大地上的脚步轻盈
　　它们却回响到太空,
　　穿过可怕的深渊,面对

上帝从未被发现的一面。

2

我的梦是天使的吻。
　轻轻触摸我的心,
脚尖的影子爱抚。
　它们是我更为神性的一部分。

我手中有一朵花。
　田野里没有。
上帝看着并能理解
　因为**他**是建造的梦想家。

他知道梦是如何创建的,
　他知道花儿如何开得喜悦。
看:我举起酒杯
　上帝赐我美酒,让我疯狂。

1915 年 5 月 6 日和 1915 年 6 月 11 日

时间

时间已经厌倦了成为时间。
　　哦,做别的吧!他们说。
他们的任务是让孩子、希望和花朵老去,
　　把嘴唇涂得冰冷,头发涂得灰白。

它们让美患病、悲伤和迟钝。
　　当他们走过并回顾
排列在他们完成职责的路上
　　他们发现只有哭泣。

哦,成为别的吧!他们说,
　　因为他们自以为知道
他们带走的东西和思想
　　真的会消逝。

但他们不知道,盲目的守财奴在甄别

一份被强盗改变了的虚假钱财，
一切都有另外的意义——
　　啊，甚至上帝本身。

寻找者

因作为凡人的感觉而脸色苍白,
  现在,你走过渴望的林中空地,
用冰冷的手敲浓荫中紧闭的宫殿的
  寂静大门。
你的双手垂下,睁大的双眼在摸索。
哦,让我亲吻你的脚和希望!

让我们不要希望理解,
  即使绝望也要勇敢地绝望;
冰冷的无感情的手与冰冷的死手相握,
  让我们只为某个地方而出发,
身体在冰冷中变得不存在,
在黑夜中隐身。

也许,这样就失去了尘世的目标,
  我们对自己的感觉麻木到内心,

我们会突然发现自己所有的灵魂，
  灵魂携手，唤醒极乐，
通过某道不在空间里的门，
瞧！失去了永恒的恩典。

       1912 年 11 月 24 日

前世记忆

我永远不会居住的某个地方
　一座宫殿花园凉亭
那么美，让人梦到它就伤心。

在那里，排列着远古的人行道，
　怀孕的大花朵
我逝去的生命，在上帝面前，重现。

在那里，我是幸福的，一个
　拥有凉爽阴影的孩子
置身其中，感到甜蜜的放逐。

他们带走了所有这些真实的事物。
　哦，我失去的草地！
我黑夜与白昼之前的童年！

1915 年 8 月 29 日

圣餐杯[1]

我的圣餐杯
伴随闪闪发光的失去之物!
我与我的梦想之间
　　结合的交流纽带!
哦,至爱的圣餐杯!
在你的酒里,大地的酒魂
　　对着上帝之花的嘴唇
我的灵魂已蘸遍了
　　我神圣时光的圣体。

我的嘴唇就像被吻过的嘴唇。
　　我悲伤的灵魂快乐地歌唱。
啊,在薄雾中闪耀着
　　天使颤抖的翅膀!

---

[1] 另一个题目为《蝴蝶》。——原编者注

我觉得我是上帝的月亮的节点,
又成了一个孩子,在生活的道路之外,
 回忆起我是如何找到自己的,
当我从上帝那里醒来
感受着我周围的世界。

        1913 年 1 月 10 日

七、掉落的火炬

高飞

1

在光之前,光的明亮想法被点燃了
　上帝想到了它。
因为通过上帝的思想,光的思想才得以通过,
　光曾经是,
从永恒之外成为
　活的火焰
震颤着进入生命,染红
　我们生命的灵魂宽度。

在光出现之前,黑夜还是
　统治一切存在的女王,
在上帝的预知中,它可能是
　来自永恒的光,
因为没有时间可以进入上帝的思想或

它们无限的时刻。

因此，我的歌，你从光中汲取
　　存在，以及沉思的情绪吧，
就像未出生的鸽子，飞过意识的
　　深渊，
把上帝的思想，那光发出的地方。
　　作为你真正的一部分。

让我的话语迸发出那神圣的火焰
　　点亮它的名字
每件事物都有终极的意义。
　　尽管大地用固定的外表遮蔽了
每个事物中的太阳，
　　在你高高飞起的
翅膀上，负载着未升起的太阳的光芒
　　生命在那里旋转。

翱翔吧，我的歌，从绝望与黑夜中
　　抓住那光芒
在它出现之前，从行动的
　　地平线下，

凭直觉从梦中诞生

  无尽的光芒。

尽管没有人相信，也没有人理解，

  但你能感到

被从未诞生的清晨出现的

  那些微风气息煽动。

像云雀一样飞入即将到来的白天

  以你的方式

飞入隐藏在黎明中的

  可能的正午。

即使无人知晓你的言语表达了什么。

  新的一天将

从永恒中破晓，就像每一天

  从每一个黑夜渐渐明亮。

你的翅膀将触及黎明的斜光

  光还很远时，

已被光击中，

  越向上朝着黎明飞，离光越近。

希望是你从黑夜中

准备好的高飞，
喜悦是你触摸到白昼露出的
 第一缕曙光，
生命是你飞离地球及其每夜的
 厄运的航程，
这三者在你的信念里合而为一
 痛苦是短暂的。

2

你，看不见的鸟，精神之光的精髓，
 却又因外在光芒的凝缩
而熠熠生辉，
 你是我的
但又不是我的，而是普遍属于大地，
 重生之翼，
你的歌声，虽然在我心中响起，却参与了
 所有令人兴奋的事物，
你是我与隐藏在万物中的翅膀的
 交会点，
你的气息，你的某种抽象的爱的蒸气，
 看得见和看不见的，

你被囚禁的飞行的呼气
　　在所有事物的重量中，
你在我心中是恐惧，是疯狂的光彩，是
　　令人痛苦和着迷的一切，
吸引我，带走我，哦，纯粹的飞翔，带着我
　　升起在你的眼中，
迷失，投射，无花瓣的，神圣的，升到
　　你追求的事物上！

哦，精灵云雀，在清晨之前
　　醒来
随太阳的每次回归而
　　重生，你是所有信息中
更智慧的部分，在我们低垂的眼中
　　将冉冉升起！
没有任何草地能吸引的生命失重鸟，
　　但它必须展现
它的命运在空中，在我们悲伤的沼泽
　　和低矮的草地上，
在自由的高空与尚未出生的
　　伟大号角交流！
哦，不育的鸟，没有巢穴，没有家

只有将来，
除了在巢穴、家和爱之上的高处，
　　没有任何歌声，
除了即将到来的那一天，没有任何想法，
　　尽管遥远
似乎对那些衡量你飞行的人来说
　　只看高度
而不是意图，它被贯彻于
　　生活以及
有翼之物用翅膀找到的
　　那些神圣时刻！
哦，鸟，你无情的歌声，无尽的愿望，
　　你的高飞抵达的
并非大地的高度，而是纯净空气的高度，不受累于
　　任何权衡与算计的喜悦！
把我的整颗心带入你去的目的地，
　　让我的歌声
像你的歌声一样流向大地，
　　某种陌生的东西，虽有距离
仍很强烈，从远方来
　　已神秘地消失过半！唱吧，

让我的心成为你歌唱的意义,
  让我的生命成为你飞翔的意义,
我的希望和恐惧在你的音符中回荡
  飘浮在我心头,
隐藏在我命运中的伟大目标
  只用你的高度衡量!

这样,我的心即使痛苦也会快乐,
  即使紧张也会自由
保持快乐的高度,从那里颤抖下来
  你的歌献给我们自己。
我的灵魂会因此而快乐、充实、自由。
  哦,快乐地
把我从我身上举起,把我的生命提升到
  你真爱的事物——
光明、天空、远方和清晨,
  直到我未出生
再次纯净地消散在
  高高微风的大海中
在光诞生之前,向你诉说光明,
  直到喜悦

没有存在的存在让我

　歌唱，成为天空！

1915 年 8 月 10 日

给一位歌唱者

哦，天使们不呼吸时的亲吻声音！
哦，因说出它而变得灵性的嘴唇！
哦，因神圣欲望而狂热的眼睛
在你感到的存在中，把你当作它的圣地！
哦，这一刻的你就是你自己！
你从不会从这个你身上堕落，因活着的
贪婪而聚集的财富
并未从上帝赐予的这个时刻触动你！
哦，你永恒的真实！
哦，被你的声音永恒地雕刻
成精神的石头肉体！哦，从被看见的
一切中解脱出来！
哦，纯粹宁静的欢乐苍穹，
灵魂的宽广和歌声的星辰
在你自己之上，在上帝的人类高地中！

继续唱吧，让你的歌声成为我的
灵魂之床，为我的灵魂
向上帝保证，把它当作自我和家！
让我融入你的音符！让我成为
我自己之外的东西，我的内心
只有对你的忘我聆听！
让我从属于你的声音！
让我成为不同于我的人，欣喜地
聆听时光如微风拂过那个地方
你的歌声用平静的优雅囚禁了它！

你的声音直达天国的护墙
从那里编织暗淡的有翼的幸福
对我们的灵魂来说是如此迷人的美，精神游乐场，
感受它，所有生命都变得绝望，
所有的生命意识都希望死去。
继续歌唱吧！在音乐的人性哭泣
和你歌声的意义之间，插入了
第三种现实，不那么封闭的生命，
某种比音乐或歌词更微妙的柔情，
它无月的月光牵着我们
幻想的心情的孩童之手

我们疲惫的脚步开始领会。

唱吧,不要停止歌唱,直到极乐成极痛!
哦,但愿我能不移动我的手
而伸出想象中的手,触摸
你的歌声赋予你的身体!
那亲吻般的抚摸将再次唤醒
我心中的永恒,就像一个伟大的早晨,
黑夜我的躯体被从存在中
撕裂,而我无形的躯体
会像一艘船加速驶过最后的海角,
颤抖着来到港口的景象
上帝允许那些漫游者幸福
不过是希望找到他的安宁
并与它融合在一起就像微风中的香气。

1912 年 11 月 24 日,1915 年 7 月 29 日修订

前自我

在这个生命和自我之前
　　我有过一个自我和生命。
当月亮让森林充满
　　可能的小仙子或小精灵时,
一个梦出现在我心里
就像一束光闪耀着
　　我内心深处的某个地方,
在我熟悉的海洋上
在拥有另一种日子的
　　无处存身的土地上。

我做梦,就像一阵强风
　　煽起余烬的火焰
我的心闪烁着
　　我想不起的过去。
就像余烬发光的

不是火焰,而是火焰的表现,
  我浪费了我缄默的
自我意识的空洞财富。
就像海中的雨
  我消逝在自我中。

我是迷宫。
  我是我未知的存在。
不知道为什么,我有
  另一种看见
(除了这虚妄的幻象,
那是我灵魂的分裂
  从束缚视力的事物中)
在那里,看见就是知道,
其生命是信仰,以及
  从怀疑之手逃离的悲哀。

我的生命有快乐的时光:
  当我感觉不到生活的时候;
就像花的香气
  环绕着花朵,一种花魂的编织
这是一种共同的精神,

来自我所继承的自身，
　　我的灵魂血液的精神空气，
前自我与内自我
这是存在的财富
　　我与上帝分担的损失。

　　　　　　　　　　1913 年 1 月 11 日

桥

吻在我身上,像露水
  倾泻,那将是清晨
我完全醒来的灵魂。
  我低垂的灰白头颅装饰着
月桂,我会把它看作
  我加冕的影子,甚至在我忧伤时也在微笑。

尽管我的头是弯的,
  你的双脚,穿着希望的鞋,
走过,极其雄辩
  它们没有停在路上。
在草地上的某处,它们与我
  寻求意义的脚步融为一体。

让我们永远是恋人,
  摆脱所有肉体的同意,

以某种新的方式相爱

  不需要语言,也不需要看见。

如此抽象,我们的爱可能

  不是我们的,只是纯粹存在的模糊气息。

                    1912 年 11 月 28 日

间隙之王

有过，我不知何时，也许从未有过——
　但事实是他活着——一个不知名的国王
他的王国是奇异的间隙王国，
　他是事物与事物之间的主，
互在的事物之主，我们的那部分之主，
　那部分隔在我们的清醒与沉睡之间，
　　在我们的沉默与话语之间，在
我们和我们的意识之间；因此
　那位怪异的国王把一个奇异的哑巴王国
　　与我们对时间和场景的思考隔离开来。

那些永远也无法实现的最高
　目的——在它们与未完成的行为之间
他统治着，无冕之王。他是神秘的
　在眼睛与视力之间，既不盲视也不看见。
　他本人永远不会结束，也不会开始，

凌驾于自己的虚空之上。

　　他所有的只不过是他自身的一条裂缝，
无盖的盒子装着不存在的零金钱。

所有人都认为他是神，除了他自己。

1913 年 2 月 17 日

漏洞

当你呼唤时,我不会来,
　因为当你呼唤时,我与你在一起。
　当我想起你时,你本人就在
我心中,你的思想就是自我的全部。

你的存在就是你的缺席
　在你的身体里隐藏着你的灵魂。
在我心中,你已被拥有,
　在我思想中,你是完整的。

在你之外,给定时间和空间,
　你的躯体,你对我是纯粹的损失,
参与变化、年龄和地点,
　属于你之外的其他法则。

在我关于你的梦中,除了你,

没有什么能改变你自己。
你的肉体存在是你
与自己疏远的那一部分。

因此，呼唤我，但不要等待。
你的声音，合为我梦见的你，
将为以下想法增添新的美：
你的身体住在我心里。

你的声音从远方传来
将使我更接近梦中的你。
在我的想象中，它变得
似乎更明亮，更清晰。

随后不再呼唤。你的声音再次被听到
沿着真实的空间
此刻变得更接近现实。
你的第二个声音是你模糊的第一个声音。

只叫我一次。我闭上眼睛
让第二次呼唤成为梦境，
当我在记忆中看见你的呼喊

你的身影轻轻闪烁。

其余的,闭上眼睛,以免你出现,
　　在我梦中的持久斜视里
　　将是你清晰的延续。
离远点,保持沉默,不要来这里,

因为你会走得太近,无法看见,
　　从我的思绪中走向你,
　　在我心里穿上你梦中的躯体
(你躯体的无限的形式梦)。
　　你的极限,很明显。

1915 年 5 月 25 日

深渊

在我和我的意识之间
是一个深渊
在其无形的底部流淌着
远离太阳的溪流的声音,
它的声音黑暗而冰冷——
　啊,在我们灵魂认为的某种皮肤上,
冰冷,黑暗,非常古老,
　它本身,而不是它显示的表象。

我的听见已变成看见
　那条无迹可寻的下沉溪流。
它寂静的声音总是自由的
　我的思想来自思想做梦的力量。
某种可怕的现实
属于那无声抽象之歌的溪流
它谈的不是现实

而是它不去大海。

看！我用梦中的听觉之眼
我听见看不见的河流
流向它不去的地方
　构成我思想的一切事物——思想
本身，世界，和上帝，**他**
　在那条不可能的溪流上漂荡。

啊，上帝的思想，世界的思想，
　我自己的思想和神秘的思想，
就像从某个未知的壁垒被抛出，
　随着溪流流向那没有
也永远不会到达的大海
　属于夜间的运动。
然而，哦，为了那难以到达的
　海洋沙滩上的太阳！

1914 年 12 月 22 日

八、迷宫

要有光[1]

世界在我面前绽放成

幻象,就像一面旗帜,展开,

突然展现出未知的色彩和符号。

  显而易见而永远未知,

它展开自身意义的线条,令我不由自主地惊叹

  变成一种未知的意义。

外在与内在融为一体。

感觉与思想在形状中显现,

花与树如同感觉,思想巨大的海角。

从灵魂中矗立,插入意识的海洋,

在这一切之上,人类的天空诉说着微风。

每件事物都通过想象不到

但清晰可见的链接

---

[1] 要有光,原文为拉丁语 Fiat Lux。语出《圣经·创世记》:"神说:'要有光',就有了光。"

联系在一起,就像骨骼
和它周围的肉一样可见,每件事物
都像是看似孤独的独立事物。

一棵树和一个想法之间
没有区别。看到一条河
与看到河的外表是一回事。
鸟儿的灵魂和它翅膀的扇动
是不可分割的整体。
这一切我都看到了,没看到的,
却因新上帝告诉我这种异象而沮丧;
因为这是我不能说也不能爱的事物,
而是一种新感情,不像所有其他感情,
也不像人类的感情,人类在情感上
是兄弟,唤醒了我惊奇的心灵。
这突然剥夺了
从我的财富之眼中看到的
自我形成的思想的有序景观。

哦,恐怖与疯狂的喜悦交织在一起令人惊骇!
哦,一切的自我超越!
哦,每个事物的内在无限性,现在

突然变得可见且局部,虽然
无法用语言表达这些事物
跟随那异象!视力的荒谬
在于相似物的相似,并让差异
不断内在地趋于统一!

如何向看见事物的敏锐视力表达
被看见却无法表达的东西?
如何知道感官的临界点发生了什么,
赋予知道的人一种明显的无知?
在从上帝到内在无限更新的
视野中,如何服从类比要求,
统一的社会,以证明
爱的理智意义,
海难的差异?

无:外部世界的内心表达,
世界整体视野的花朵
   变成绝对意义的色彩
在黑夜中展开,
因此没有什么展开的抽象事物,
   视力的自我筛查,

明显的无形事实。

无：一切，
我以回忆为中心，
　　仿佛"看见"是一个神。
其余的都是看见的存在，
空洞的自我感知的无限，
　　我所有的非灵魂合一
在凌乱的视线中被踏成了碎片。

这黑夜就是光。

　　　　　　　　　1915 年或 1916 年 2 月 15 日

夏日狂喜

在一个夏日旁边
　我躺下做梦。
来自远方的光
　在我内心深处闪烁,
一种虚幻真实的光芒,
某种精神的光辉。

我看到了
　夏日、大地和清晨的内部。
我听到河流从内心
　滑过。我生来就是
为了透过神秘观看,
万物如何都是上帝。

阳光中飞舞的尘埃
　是可以听见的低语。

一切都在诉说。
　　景象可以听见。我把
对事物的想象视为事物。
我的思想是天使的翅膀。

已知时间的尸体
　　在无人驾驶的吠声里持续
漂流，覆盖着无声的花朵，
　　我裂开的梦
沿神秘的河岸向下——
这个夏日和我。

有些东西像贪婪
　　但又不同于愿望，
拥有一种需要的力量
　　不需要达到，
却又被消解
在悲伤的喜悦到达痛苦之前，

朦胧的光线编织着
　　日子和我，
就像被风驱动波光粼粼的水面

在我们看到的地方，永远
不会有缝隙、停顿、对事物边缘的
模糊观看，

就像突然响起的笛声
　　牧歌般的无调音符
从我所有意指的、
　　看不见的事物根部发出，
蔓延开来，直到失去思想的感觉
我才感觉到它。

瞧！我成了另一个人。
　　我的感官尝起来不是我的。
我的视线被一只手遮掩
　　直到盲目，看不见神圣的事物。
我是迷失的曲调，是上帝的
指尖的情绪。

所以，像一个加冕的孩子国王，
　　我感到新的恐惧骄傲。
我披上了天空和大地的长袍。
　　我最秘密的灵魂外面

是阳光照耀的海洋和大地。

我的梦是六翼天使的手。

        1912 年 11 月 28 日

心情

我的思想是我的灵魂害怕的东西。
　　我因自己的快乐而颤抖。
　　有时我感觉心中出现
一种昏暗，一种冰冷，一种悲伤，一种狂热
　　一种像欲望的灵性。

它让我与所有草融为一体。
　　我的生命从所有花朵汲取色彩。
微风似乎不愿拂过
　　摇落我时光中的红花瓣
　　未下阵雨，我的心异常闷热。

随后上帝成了我的恶习，
　　神圣的情感成了拥抱，
让我的感官沉醉在它的美酒中
　　在我看上帝开花、成长和发光的

道路上没有留下任何轮廓。

我的思想和情感交织在一起，形成
　　一个模糊而炙热的灵魂统一体。
就像期待暴风雨的大海，
　　慵懒的痛楚和焦躁让我
喃喃自语，像即将来临的蜂群。

我干渴的思绪混合在一起，占据了
　　它们的相互存在，并朝
彼此的位置膨胀。我发现
　　除了许多事物的不可能的
混合物之外，我一无所有。

我是思想的酒鬼。
　　我感情的汁液溢出我的灵魂。
　　我的意志都浸泡在它们中。
然后，生活停滞了梦想，腐朽成
　　我诗句的悲痛之美。

1915 年 7 月 29 日

反转

在这片荒野
　　每一棵树、每一块石头都让我
　　充满巨大欢乐的悲哀。
上帝在**他**的完整中
是每块石头和每棵树的整体部分。

向内向外的观看
　　让我清晰的自我变得未知。
　　（哦，上帝完全孤独！）
上帝在**他**的至高无上中
每棵树和每块石头都在**他**死后幸存。

啊，在树木、沙土和石头的
　　表皮和泥泞中

上帝只属于**他**自己,

上帝在**他**所有的神性中,

他具体的灵魂就是每件事物的抽象。

1913 年 2 月 8 日

十四行诗

上帝让我颤抖的神经成为**他**的人类之琴，
 琴的曲线在天使的脸上终结。
当上帝歌唱时，歌声是无形的火焰
 半边可见的翅膀在它上面弯曲。
不朽的欲望之泉！
 金色雾霭中的绿岛，我的树皮在那里生长！
我的灵魂，因被选中而丰富，却因
 与上帝融合的痛苦而使我感觉疲惫。

但是瞧！活着就已经是与上帝
 融合。我们只需要生活，所有的生活。
痛苦、邪恶、仇恨、欲望、背叛，
 习俗的棍棒，梦的小路，刀子
  悲伤隐藏直到它割伤她，死亡的
  欢乐——这一切都是上帝蓄意的恶意。

1913年2月8日

夏日乐园

总有一天，时间停止，
　　我们的生命将再次相遇，
从地方和名字中解脱出来。
　　我们每个人
只会保留
在那一天看起来自然的东西。

在那里，我们将重新相爱，
　　惊讶于用来爱的
旧心情仍让我们感动，
　　当痛苦和孤独
成为每个灵魂
偶然发生的宿命。

在那里，天堂就在我们之间
　　触摸一个真实的东西，

我们真实的生活

  质地明亮，它将带

上帝融入我们的爱就像呼吸一样

无论哪里都不会有死亡。

受苦和叹息的需要，

  不可避免的担忧，

等待与哭泣

  从喜悦到泪水的变化——

在爱的永恒中

这些都不需要。

时光将使我们的爱

  变得更年轻，而不是更老。

时间的诡计会改变

  习惯，甚至让它成为更真实的黄金。

遗憾将不会成为可能想到的

任何事物。

那个光悬浮在

  更真实的蓝天下的地方

会让我们的灵魂感到融合，

却是真正的统一体。
没有什么能让我们的心
焦虑,对它厌倦。

一片金色的土地,上帝
　在那里停留了一天,
不像这个世界,他不会
　在此停留片刻,
他的逝去给人留下了
失去一切的感觉。

我的心,因想到这一点,
　而憔悴,因为它无处可去,
她满足我的极乐
　与她的新欢旧爱在那里——
她是虚幻的,就像我
在这首诗中呼唤的一切。

然而,谁知道呢?也许这
　不是希望,而是看见。
也许这种爱,这种极乐,
　这种有意识的欣喜并不存在

只是通过想象

被我看到的某种现实。

也许它发出咒语

  从可以找到它的地方。

什么是不可能的?

  上帝的指引和约束在哪里?

为什么,如果我梦见这个,可能

有朝一日,这就不会成为我的?

谁知道我们的梦想是什么?

  谁知道上帝创造的一切?

也许生命只是在破坏

  直接的,拥有

被梦到之美的真理。

没有什么仅仅像看起来那样。

在离上帝更近的地方

  这些事情现在都是真的。

哦,让我不再害怕

  这可能并非如此!

一切都比我们小小一瞥的

东西更奇异。

我的眼睛欣喜若狂
　　因为我有这些想法。
它们不会让人疲倦和腻烦
　　因为上帝分配给
每件高尚事物的力量
不受时光的影响。

我的花园
　　现在开满了新花。
我的嘴唇被极乐亲吻
　　因为我不知道该怎么做。
我的心衰弱了，我
在明亮的边缘内游走。

一轮希望的光环出现了
　　围绕着我的灵魂。我是那个
哭泣的孩子：瞧！我找到了
　　这朵奇异而狂野的花。
从我死去的梦想的坟墓上
开出了这朵不知名的花。

一种战栗感
　　超越我的感官所能容纳的感觉，
一只感觉的鸟目睹
　　即将到来的黎明
那隐藏地下的伟大金黄色，
一缕气息，一束光，一阵眩晕，

一种与其他光线
　　交织在一起的存在，
一句咒语，一种我更清晰的
　　喜悦无法触及的力量，
我昏厥了，我消逝了，我自己
似乎就是我的梦。

如果不是这样，
　　哦，上帝，现在就让它成为现实吧！
让我不再发现更多的痛苦
　　因为我如此梦想着你！
让我渴望的一切
都变得神圣吧。

让这像天堂

成为我永远的家,
即使为了平庸地活着
　但这一小时真的很公平。
在上帝那里的一小时
足够永恒。

终曲

上帝知道。不知怎的我们躺下
　　满意地睡去，
我们微笑着哭泣，
　　就像在王国
推翻时，星星，深深地
沉默，什么都不知道。[1]

上帝知道。**他**不知道
　　若不是，那又怎样？
无论我们活得
　　与生活是否适应。
很高兴有睡眠和眼泪，
有安慰我们恐惧的摇篮曲！

1912 年 1 月 28 日

---

[1] 此句最初版本是"沉默，微笑也不知道"。——原编者注

附录[1]

---

[1] 以下两首诗译自托尼·弗雷泽整理的版本。它们在原诗集中的位置不详,故作为附录。

观看塔古斯河

她带领羊群越过山丘,
她的声音在风中向我回响,
对她的悲伤的渴望充满了
我心中说不清楚的一切。

峭壁环绕的灵湖
沉睡在她歌声的山谷里。
她未沐浴的裸体走得极慢
久久凝视着它水塘中的倒影。

但在这一切中真实的
只有我的灵魂,傍晚,码头,
还有我梦中的这个影子,
在我心中为一种新痛苦而痛苦。

但她的悲伤是什么呢?

她的悲伤缺少的是什么？
什么是爱的最后一件事，这种极乐
跟随她错过的足迹？

百合花躺在心与手之间。
生命对于月亮太渺小。
让剩下的树轻轻摇曳吧
希望会苏醒，因为她很快就会到来。

祈祷

无用眼泪的圣母
你是我心灵最好的圣地。
我厌倦了这些年的暴饮暴食,
我沉醉于苦酒
只有忧虑和恐惧,
只知如何憔悴。

向你祈祷毫无用处,
但我的心充满痛苦。
你的目光是仁慈,
即使那眼神是鄙视。
请赐予我,我会再次
成为像你的孩子一样的孩子。

我的感觉全是泪水。
我太可怜我的心了。

哦，我恐惧的摇篮
让我紧紧抓住你衣服的褶边！
哦，如果你还活着，在我们附近，
你的手是可以触摸的手！

我不知道如何祈祷。
我的心如撕裂的祭服。
看我的头发如何变白。
哦，教我的嘴唇
日夜呼唤你的名字
仿佛那名字就是一切。

在这病痛的时刻，我父辈的
信仰上升到我的嘴唇。
我用双眼向你祈祷
痛苦的念珠。哦，赐予
我的灵魂以最不甜美的谎言
作为你受苦的儿子的力量！

我已忘记信仰的
滋味，和祈祷的渴望。
我的心成了一座荒废的花园。

哦,请把你的手放在我的头发上
就像母亲的手让我安息
让我在那里和它一起死去!

>   1913 年

长诗与组诗(1910—1920)

喜歌[1]

1

打开所有百叶窗,让这一天来临

就像大海或喧闹!

不要让角落里无用的树荫撩拨

夜晚的思绪,或诉说

心中那些悲伤事,

因为这一天大家都很快乐!

这是清晨,这是开放的清晨,圆满的太阳

从深渊中升起

昨夜它躺在昏暗地平线

看不见的边缘之外。

现在新娘醒了。瞧!她开始

感到这一天是家

---

[1] 此诗译自托尼·弗雷泽整理的版本。

太近的夜晚会让两颗不同的心
尽肉体所能贴近跳动。
猜猜她在害怕前去的时候是多么高兴,也不
睁开她的眼睛,由于担心因喜悦而害羞。
现在是所有希望的痛苦降临。
她几乎不知道该如何摆弄这矛盾念头。
哦,让她等一会儿或一天吧
为战斗做准备
对这件事她的思想从未完全准备好!
当这一天真的来到,她却半羞半恼。
尽管她希望如愿以偿,但还是停留下来
她的美梦
缓慢融入睡眠,它懒散地破坏了
对远方事物的准确希望。

2

小窗帘从窗户半垂下来
视线比光线更容易忽略!
看整个田野,多么明亮地伸展
在广阔的蓝天下,
万里无云,燥热又开始

轻虐万物!

新娘醒来。瞧！她感到心颤抖得

胜过以前每次醒来时！

她的乳房被恐惧的寒冷紧紧攥住

更加感觉到她在发育，

将被她以外的手触摸

会发现嘴唇在吮吸她们含苞待放的花冠。

啊！一想到新郎的手

已摸到连她的手都羞于触及的地方，

她便思绪瑟缩，变得毫无准备。

她收紧身体，静静躺着。

她模糊地让自己的眼睛睁开。

在流苏般的薄雾中每样东西

都若隐若现，今天确实清晰

却使她感到恐惧。

像一种色调，光聚在她眯起的眼睛上，

她有些厌恶这不可避免的光。

3

尽量敞开窗户和你的门

以免黑夜在房内逗留

或者像大海中的船迹一样,幸存下来
使它在那里生存!
她躺在床上,暗暗等着她的愿望
变得更大胆或更丰盛
让她挺身而起,或变得更贫乏,以驱除恐惧,
她像平日一样在这里起床。
她想成为与男人同床共枕的新娘
她的女儿之身却坚持
发出羞耻的信息
禁止她在无形的迷雾中做梦。
她睁开眼睛,看见上面的天花板
关着小壁虎,
思索着,直到不得不再次闭上眼睛,
今夜她将认识另一个天花板,
躺在另一座房子、另一张床上
就这样她暗自猜测;于是
她闭上眼睛,不去看房间
她很快就再也看不到了。

4

现在让宽广的光芒照亮整个房间

就像一位长着眉毛的信使

用玫瑰和那些叶子编织成花环

为爱编织的爱!

在她和天花板之间,这天即将结束

一个男人的重心将会倾斜。

瞧!这样想着她将双腿盘绕在一起,深知

一只手随后会把它们分开;

害怕进入她的身体,那会

让温柔因疼痛变得粗鲁。

如果你们,快乐的阳光,居住着

和白天嬉戏的小精灵或守护神,

悄悄告诉她,如果退缩,她将会流血,

爱情的宽敞闺房配备着如此狭小的门。

5

现在,她未破裂的处女膜的墓穴 [1]

将在少量鲜血中被挖掘。

你们在那欢乐的葬礼上集合

编织她猩红的柩衣,

---

[1] 据理查德·泽尼斯介绍,喜歌是希腊人发明的一种体裁,在婚礼队伍或婚礼房间演唱,其中穿插着对处女膜(婚姻庆典之神)的频繁祈祷。

哦，渴望男人的肉体
那通常使她的秘密时光软化
在快乐开始的地方
牵起她乐意或不乐意的手。
出来吧，你们尘封的守护神，不羁的一群
你们来得太快，溢出了你们的满杯；
你们让小伙子年轻让肉体美好
让春夏的太阳快乐地升起；
你们通过秘密的存在，让树变绿，
花吐蕾，鸟儿自由歌唱，
伴随着愤怒的颤抖光芒
公牛奋力爬到小母牛身上！

6

在她窗前歌唱，你们听到早晨的翅膀
那歌声是快乐本身在歌唱！
在她失眠的房间里嗡嗡作响，
哦，小苍蝇们，沿着床罩
翻腾爬行，在她手指上
成对交配。她磨蹭着。
沿着她左腿的连接处，一个预言

在蠕动就像一只向内的手。

看看她是如何耽搁的！告诉她：别怕快乐！

来吧！醒醒！为了脱衣而穿衣！站起身！

看看太阳是怎样融合一切的！

生命在她的感官花瓣周围哼唱。

来吧！来吧！欢乐必定降临到你身上！

将被采摘的快乐，哦，尚未被采集的玫瑰！

7

现在她站起来了。看她如何俯视，

她缓缓滑落的睡裙，

在她洁白无瑕的裸体上

除了野兽与她白色躯体的差异

今天看到下面毛茸茸的黑三角

令她分外羞耻，直到内衣的

爱抚覆盖了她的身体。穿衣服！

别停下，坐在坚硬的床边，

别再琢磨将来的事，也别再猜测！

要像窗台上那些快捷的鸟！

起来，起来洗漱！看！她起来了，只穿半件衣裳，

因为她的手无力扣上纽扣，试穿

那象征性的白色衣裳，就这样
她被女仆发现了，过来把它扣好。

8

看看她是如何对女仆视而不见的
她们却彼此微笑着，同时都在想她！
在别人的思绪里她已被夺去贞操。
怀着好奇的细心梳理密实的辫子。
双手在阳光下精密地搅动
一个女仆把她的头发编成同心髻
另一个女仆扣紧长袍的纽扣；她的手，
触摸着这具身体生命的体温，将她的思绪
与新郎粗鲁的手紧紧相连。
然后，第一个女仆把朦胧的面纱
放在她头上，她的头侧向一边，
花环很快就会失去意义。
另一个女仆跪着，把那双白鞋
紧扣在颤抖的脚上，她的眼睛看见
穿着长筒袜的腿，这条路向上通往
这一天狂欢的中心。

9

现在她穿上了全套礼服,她的脸
变得红润。看太阳
热辣辣地照着,蓬松的爬山虎吃力地
攀在灼热的窗玻璃上!
她全身洁白,一心等着他到来。
她的眼睛忽明忽暗。
她的手冰冷,她的嘴唇干燥,她的心
喘得像一头被追逐的雄鹿。

10

现在她要被公开了。——聆听所有言语令人苦恼
然后再次迸发出话语的浪花!
现在她被送往宾客那里
宾客看着她,她不敢看他们。
外面烈日高照。
炎热生活的油汗
闪烁在今天这一刻的脸上。
疯狂的喜悦积压在每个温暖事物的安静力量中。

11

走廊和大厅

挂满彩饰、花环和花冠!

四周回响着欢快的钟声!

让歌声回荡!

把你们所有的欢乐像美酒一样倾倒出来!

欢呼吧,你们孩子,小姑娘和小男孩

他们的肚皮上还没有毛发,还是白甲板

性尚未发育的生灵!

大声欢呼,仿佛你们知道这是什么欢乐

你们在这样的狂喜中拍手叫好!

12

这一月的这一天

你们不能停留

你们出发,温暖地结伴而行

走到树丛外,高处的钟楼

在蔚蓝宽阔的天空中显示出

某种平静而喜悦的消息。

现在,你们满面红光,大声私语着俏皮话出发

去教堂！阳光倾泻在有序的队伍上，
所有追随的目光都紧盯着新娘：
它们像手一样抚摸她的胸脯和侧脸：
像礼服的内侧紧贴她的肌肤，
他们围着她转圈，把每个缝隙都环绕起来；
他们撩起她的裙摆，像挑逗或求爱
隐藏在下面的那条裂缝；
他们就这样想着窥探她的方式
在他们的目光中嬉戏。

13

不再，不再有教堂和盛宴了，因为这些
向外通向那一天，就像道路两侧的
绿树通向教堂，同一条道路
从教堂返回，在更高的太阳下行走。
在这伟大一天的真正仪式中
这些只不过是地板或墙壁而已。
宾客本身，和新婚者一样，
把这些当成睡觉的走廊。
在这与天黑之间，万物皆是如此
都将消逝，从睡眠中看见的

数分钟、数小时的暗淡作品,不计时的梦
和错误的想法。
新婚、回程和盛宴
对每个人都是一团迷雾
在迷雾中他透过模糊炙热的观念
和醉意朦胧的感情看着他人,
一种红色的竞赛贯穿他的视听,
梦中的大狂欢,每个人都从中看到自己,
直到他们纠缠不休地奔跑
疯狂的喜悦达到一个接近伤害的停止点。

14

新郎渴望结束这一切,渴望
了解那些被阵阵吮吸的乳头,
他把第一只手放在肚子的毛发上
抚摸长着嘴唇的巢穴,
这座筑起的堡垒只待被攻占,为此
他感到连续撞击的攻城槌变得又大又痒。
高兴得浑身发抖的新娘感觉整天都很热
在那个寂静的隐居地
只有她的少女之手夜夜佯装

得到快乐的空虚。

在其他人中，大多会对此窃窃私语，

知道这是喷射的时刻；

还有孩子们，他们用眼睛注视着，

现在会激动地想成为肉体的

智者，与长大的男人和女人一起体验

液体发痒的现实

他们会在秘密的角落里尝试它的滋味

他们几乎不知道还有什么是干燥的。

15

即使你们，现在老了，来到这里，就像来到

你们的过去，你们自己的欢乐

投入杯中，与年轻人同饮

现在它让你们想起

当爱在时爱是什么。（因为现在

你们冬天的思绪不允许。）

和炎热的日子共饮，新娘悲伤的喜悦和

新郎匆忙的驾驭，

回忆你们年轻时的那一天

唱着伟大的赞歌

沿着你们深处的表皮，

你们交配，黑夜看见

白昼来临，你们仍紧拥着喘息，

半衰的肉体仍是膨胀的玫瑰。

16

无论现在、过去还是未来。

在你欢乐时都是情人的年龄！

把你所有的思绪献给这肌肉发达的一天

就像骏马撕裂

时间的嚼子，让黑夜来临，说

少女坐骑现在有了她的第一位骑手！

被夹痛的肉，被咬的肉，被吸的肉，到处被束缚
　的肉，

被压碎、被磨碎的肉，

这些东西激发你们的思想，使你们说的话

或看起来的样子黯淡无光！

在赤裸的目光中咆哮，直到你们惊恐

你们快乐的寒战，

在目光中，衣裳与思想似乎憎恨

肉体分离！

向外面温暖的日子伸展你们的四肢,

在它停留时感受它!

为了强烈的阳光、炙热的大地、青绿的草坪,

每个远处湖泊的耀眼玻璃,

每个人满脸通红地想着夜晚即将来临

都将成为一个欢乐火热的统一体。

17

在一种红色思绪的喧闹涌动中

这思绪敲打着疯狂的太阳穴,像愤怒的惊愕,

在伤害眼睛却又

让万物清晰,而四周模糊的怒火中,

整个群体的灵魂就像一个高兴的醉鬼,摇摇晃晃

从地上跳起来!

啊,尽管这些都是普通人

去教堂、出教堂、守新娘,

然而,所有的萨提尔[1]和大屁股的异教徒

都在绷紧的肉体快乐、乳头和大肚子里,

他们的路线,穿过树叶,靠近

蹲着的半怀恐惧的仙女,

---

[1] 古希腊神话中半人半羊的森林之神,好色之徒。

在无形的奔跑中，在后面，在前面
这群正派人移动着，贮藏着炽热的思想
被动的灵魂在他们的网中缠绕，
当他们溃败，就像盲人一样跌跌撞撞，
让布满山峦的大地惊醒，让回声在她的睡梦
和他们跳跃的欲望之间传递。

18

看！看！快乐怒火的汁液在流淌
穿过这些身体的网眼，
现在，他们真的渴望脱光衣服
在彼此的肉体上
发动战争，填满子宫，将乳汁注入
男人获胜的乳头，
这种愤怒的战斗是为了结合与适应
而不是伤害或打击！
看！看！像今日此时这般大醉！
呐喊、欢笑，用喧闹
压倒自己的思想，免得他们的气息
显示出衰老或死亡！
现在都是绝对的青春，而微小的疼痛

刺激着充盈的血管
它们本身就夹杂着发痒的巨大喜悦
在发腻之前它永远不会停止。
忘却一切，除了肉体和给予
创造生命的雄性乳汁！
耙出喜悦的巨大珍珠，就像从地里耙出小草
它们遍布在你的灵魂中！
让你伟大的发情期散乱地快乐起来
用欢笑或声音，
整个大地、炎热的天空和震颤的空气
就像一个巨大的铙钹！

19

让伟大的佛兰德时光燃烧起来！
摧残你所有闲暇的感官！
双手嘲笑着躲开了击打
即便受伤的地方也充满欢乐！
收拾到床上的所有东西诱使你们
赤裸裸地求爱！
撕碎，振作，像大地寻宝一样，
当胸部的环形轮廓微微露出时，

这伟大的一天在恳求

那些掩盖着热恋行为思想的思想！

现在，似乎所有手都按压着乳头，好像

要把它们榨出汁来！

现在似乎所有生命都在互相配对，

硬肉软肉令人窒息，

多毛的腿和分裂球形的屁股

白皙的双腿在中间晃动。

然而在每个头脑中这些混杂的纯粹想法却诉说着

这一天对爱的伤害，

男人渴望拥有占有的感受，

女人的男人继续拥有，

生命的抽象涌动清晰地抵达

身体的具体海滩。

然而，这真实的一天也有这样一些行为。

此刻裙子被掀起在仆人的大厅，

妓女肚子的马厩

向匆匆闯入的马开放，

相见恨晚，喷涌太近。

甚至此刻一位年长的客人在

黑暗角落里纠缠一个满脸通红的少女，

领着她慢慢移动他畸形伸长的肉体。

看她心里多么喜欢那东西
感觉她的手在抚摸突出的飞镖!

20

但这些都是想法、承诺或只是
发情的一半目的,
这是想到的欲望,或无望的欲望
或只是用来缓解的欲望。
你们假装爱的真正圆环,
是大自然的意图!
事实上你们痛苦
情欲之马屈从于生活的缰绳
为了爱的创造而交配!
大吼!怒吼!种马或公牛
为得到它们种子的洞穴而烦躁!
澎湃的足量肉欲会
让你年轻肉体的汁液激增
在湿淋淋的榫头上厮磨
迎接即将到来的生命,
被耕耘过的子宫会膨胀,直到它
让球形大地的丰盈曲线焕然一新!

21

而你们,今天结婚的人,猜测这些

齐心协力的群体所暗示的本能

这是你们自己天生就有的,

猜测你们勇敢的美好未来!

紧闭的双唇,裸露的双臂,丰满的乳房和强大的
　器官,

正当地做你们欢乐之夜的工作!

教他们这些事情,哦,热闹盛大的日子!

让他们沉浸在这样的思绪中,必须让肉体的

壮举不可避免,自然而然,就像

在愿望的催促下小便!

让他们拥抱、亲吻、贴合

用上所有天生的智慧,

让黑夜来临,教他们恣意使用

因为青春是滥用的!

让他们重复交接,反复倾诉

他们的欢乐,直到他们无法再享受!

啊,让黑夜观看他们在黑暗中

反复结合,直到思想本身过于灼热,

焦躁不安,让伤痕累累的身躯进入梦乡,

口中念着彼此的名字，
他们在彼此的怀抱中依然梦想着爱情
证明爱情的重要！
如果他们醒来，教他们重新开始。
一个小时远去了；
直到他们接触的肉体在热浪中欢乐地
沸腾，厌倦睡眠，同时，度过
星夜，东方的天空泛白，在黑夜
被光切断的地方颤抖，
伴随着欢乐的喧哗和生命年轻的喧闹
温暖的新一天来临。

里斯本，1913 年

安提诺乌斯[1]

外面的雨在哈德良的灵魂中是寒冷的。

那男孩躺着,已经死了
躺在低矮的长榻上,全身赤裸,
在哈德良的眼里,他的悲伤是一种恐惧,
死神的日食洒下昏暗的光。

那男孩躺着,已经死了,外面
白天似乎是黑夜。雨像可怕的恐怖
一样落下:造化杀死了他。
对他的记忆不再带来快乐,
因他而起的快乐已枯萎暗淡。

---

[1] 安提诺乌斯(Antinous,约110—130),来自希腊的美少年,罗马皇帝哈德良的男宠。二十一岁时溺死于尼罗河,哈德良封他为神,为他建了一座城,并为他雕像五百多座,遍置于罗马各地。本诗译自1921年出版的修订版。

哦，曾紧握哈德良温暖双手的手，
如今发现它们冰冷！
哦，以前被饰带紧系着的头发！
哦，羞怯与大胆参半的眼睛！
哦，裸露的女性化的男性躯体，
如此像人的神！
哦，张开的红唇，以前能够
用多种活生生的艺术触摸情欲的宝座！
哦，熟练掌握不可告人之事的手指！
哦，使血脉偾张的舌头，不再是舌头！
哦，端坐在愤怒意识溢出的悬浮物上的
绝对的情欲统摄者！
这些都是现在无法再拥有的东西。
大雨无声，皇帝
在长榻边坐下。他的悲痛就像愤怒，
因为众神带走了他们赐予的生命
并毁掉了他们创造的活生生的美。
他哭泣，深知未来的每一个时代
都从即将到来的日子里看着他；
他的爱在宇宙的舞台上；
一千只未出生的眼睛因他的痛苦而哭泣。

安提诺乌斯死了,永远死了,
永远死了,所有心爱的人都在悲叹。
维纳斯本人,是阿多尼斯的情人,
看到他,最近活着,现在又死了,
更新了她的旧痛,与哈德良的痛苦
融合在一起。

现在是阿波罗在伤心,因为生命被偷去
他白皙的身体已永远冰冷。
在那个覆盖他心跳的静止的乳头上,
不再有小心翼翼的亲吻,再次复活
他的生命,让他睁开眼睛,
沿着他由爱的堡垒守卫的血管,
感受她的存在。
他的热情不再需要另一个人的热情。
现在,他放在头后面的手
——这种姿势除了手什么都露出来了——
将不再触及手恳求的预期的身体。

雨还在下,他躺着就像
已经忘记他所爱之人的所有姿势
醒着躺在那里,等待它们激动的返回。

但他所有的艺术和玩具现在都陪着死神。
这种人类的冰没有办法用热来改变；
这些火的灰烬没有名字可以点燃。

哦，哈德良，你现在的冰冷生命将是什么？
什么促使它成为人和权力的主宰？
在你可见的帝国境域内，他的缺席
就像黑夜来临，
也不再有满怀新的喜悦的清晨。
如今，你的黑夜失去了爱情和亲吻；
如今，你的白天被剥夺了对夜晚的期待；
如今，你的嘴唇丝毫无益于你的极乐，
只剩下说出那个名字：死神正在
与孤独、悲伤和恐怖交配。

你茫然的手摸索着，似乎它们丢掉了快乐。
听到雨停了，你抬起头，
升高的目光扫视那可爱的男孩。
赤身裸体，他躺在那张充满往事的床上；
通过你自己的手，他无遮盖地躺着。
在那里，他让你悬吊的感觉逐渐发腻，
并以更令人腻烦的方式解腻，又用

更新的解腻方式侵扰，直到你的感官流血。

他的手和嘴知道游戏要重新安排
欲望，你磨损的脊柱受伤于顺从。
在每一次新的吸吮欲望的身体扭动中
有时你似乎感觉一切都很空虚。
然后，仍有新的玩法，他会召唤
你神经紧张的肉体，你会颤抖并向后
跌倒在垫子上，你的心这才安静下来。

"我的爱很美，却忧郁。
他有那种艺术，使爱情完全被俘虏，
在情欲的狂欢中慢慢变得悲伤。
现在尼罗河放弃了他，永恒的尼罗河。
在他的湿发下，死神蓝色的苍白
现在用悲伤的微笑向我们的愿望开战。"

正在他思考时，那不过是记忆的
情欲在复活，并用手激发
他的感觉，他被触摸的肉体苏醒，
一切又变成以前的样子。
床上的死尸开始运动，活着

和他躺在一起,靠近,再靠近,然后是
缓慢前进的爱的智慧和无形的手
在他欲望的每个身体入口处
低语爱抚,轻快地掠过,
却足以让他最后一缕神经流血。
哦,甜蜜而残酷的帕提亚逃亡者!

所以他半站起身看着他的情人,
现在能爱的只是无人知道的事物。
隐隐约约,半看见他看见的东西,
他用冰冷的嘴唇吻遍全身。
他的嘴唇如此冰冷,失去了知觉,瞧!
他几乎没有从尸体的寒冷中尝到死亡,
但似乎这两个人都死了,或者都活着
爱仍然存在,是原动力。
然后他的嘴唇停在另一个嘴唇冰冷的懒惰上。

啊,那渴的气息提醒他的嘴唇
从众神以外的地方移来一团迷雾
在他和这个男孩之间。他的指尖,
仍闲散地在身体上搜寻,渴望着
某种肉体的反应和他们清醒的情绪。

但是他们爱的问题仍不被理解:
神已经死了,他的信仰是被亲吻!

他举起手来,指向天堂应该在的地方
向沉默的众神哭诉,让他们知道他的痛苦。
让你们平静的脸转向他的恳求,
哦,赐予他力量!他将交出他的王位。
在寂静的沙漠里,他将枯燥地活着,
在遥远的蛮荒道路上成为乞丐或奴隶,
但是,让这个温暖的男孩再次投入他的怀抱!
放弃你们为他的坟墓预留的空间吧!

带走地球上所有女性的可爱之处
在一个坟堆里,它的残余物溢出来!
但是,通过可爱的加尼米德[1],宙斯发现值得
从高处,赫柏在他的盛宴上选择
倒满他的杯子,并逐渐培养
更友好的爱,填补别人的缺乏。
女性拥抱的泥土分解成微尘,
哦,众神之父,但请放过

---

[1] 希腊神话中特洛伊的一位王子,以美貌著称。宙斯特别喜爱他,将他绑架到奥林匹斯山,替代青春女神赫柏成为斟酒伺童。

这个男孩:他白皙的躯体和金色的头发!
也许你觉得他应该是更好的
加尼米德,出于嫉妒的关怀
从哈德良的怀抱中把他的美貌偷到你身边。

他是一只玩弄情欲的小猫,玩弄
他自己,也玩弄哈德良的情欲,有时一个
有时两个,时而连接,时而解开;
时而离开情欲,时而情欲高涨情欲拖延;
时而注视情欲的眼睛睁得不大,而是斜视
在情欲的半期待中跳来跳去;
时而轻轻地抓着,然后愤怒地抱着,
时而戏谑地玩,时而认真,时而躺
在情欲的旁边看着它,时而窥视着
哪种方式能将他的情欲扣留住。

就这样,时间从他们纠缠的手中滑过
从他们交错的肢体中,时光飞逝。
他的手臂时而是枯叶,时而是铁箍;
他的嘴唇时而是杯子,时而是啜饮之物;
他的眼睛时而闭得太紧,时而睁得太大;
现在他不间断的狂热正发挥作用;

他的艺术时而是一片羽毛，时而是一根鞭子。

他们把这种爱当作一种宗教来生活
献给亲自来到人前的众神。
有时他被装扮或被安排穿上
半身衣服，然后摆成裸体雕塑的姿势
仿效某个似乎是通过大理石的
准确美德而重新成为人的神。
时而，他是维纳斯，从海里涌出的白色；
时而，他是阿波罗，年轻，浑身金黄；
时而，就像宙斯一样，他嘲弄地审判着
此刻在他脚下被他奴役的情人；
时而，他是一个演戏的仪式，由一个人承担，
在不断重新定位的神秘中。

现在他是任何人都可以成为之物。
哦，事物严酷的对立面！
哦，满头金发面如冷月的可爱人儿！
太冷了！太冷了！爱像他一样冷！
爱在他的爱的记忆中漫游
如在迷宫中漫游，在悲伤与快乐的疯狂中，
现在呼唤他的名字，请他来，

现在正微笑地看着他的形象到来
那是我的心，就像黄昏中的面孔——
只是它们拥有的形象的闪亮的影子。

雨又像隐隐的痛楚出现了
并将湿润的感觉弥漫在空气中。
忽然间，皇帝设想
他从远处看到这个房子和房中的一切。
他看到长榻、男孩和他自己的身影
投在长榻上，他变成了
一个更清晰的存在，对自己说
这些未说出口的话，只是让他的灵魂害怕：

"我将为你建造一座雕像，它将成为
我的爱和你的美
以及美所带来的神圣感的
持续的未来证据。
尽管死神用微妙的无遮掩的手清除了
生命的外观和我们的爱的帝国，
然而它的裸体雕像，是你激发的，
所有未来的时代，无论它们愿不愿意，
将会像强迫的神带来的礼物，

不可避免地要继承。

"啊,这是你的雕像,我将建造,并设置
在属于你的巅峰上,时间
通过它微妙而模糊的罪行
会害怕从生活中吃掉它,或因战争
或对雕塑的躯体和石头的嫉妒的怒火而苦恼。
命运不可能是这样的!众神本身,
使世事变迁,命运之手,将众神自身
笼罩在黑暗中,会抽身而退
这样就不会破坏你的雕像和我的恩惠,
让广阔的世界因你的缺失而空虚。

"我们爱情的这幅图画将架起不同时代的桥梁。
它将从过去中呈现出白色,并成为
永恒,就像罗马的胜利,
在未来的每个人的心中,都会
由于未能成为我们的爱的同代人而发出怒吼。

"但愿不需要这些,而你
是芳香我生命的红花,
我喜悦的眉毛上的花环,

我灵魂祭坛上活的火焰!
希望这一切是你现在最强大的东西
从你嘲笑死亡的眼皮下微笑
并奇怪我这样为你失去的明亮存在
而与众神展开一场争吵;
如果这里面没有什么,只是我白忙活
你醒悟的微笑,半是为了慰藉
我梦中的痛苦,半是希望不被打扰。"

他就这样走了,像一个正在等待的情人。
从他朦胧疑惑心境中的一个地方到另一个地方。
现在他的希望是一个伟大的意图,注定
要把愿望变成现实,现在他觉得他是盲目的
在他看到的未阐明的愿望的某个点上。

当爱情遇到死亡,我们不知作何感想。
当死亡挫败爱情,我们不知道自己知道什么。
此刻他的怀疑是希望,此刻他的希望是怀疑;
此刻,他的愿望所梦见的东西被梦中的感觉嘲弄,
凝结成一种闷闷不乐的空虚。
随后,众神又为爱的暗淡光辉煽风点火。

"你的死亡给了我更高的欲望——
肉体的欲望狂热地渴求永恒。
我把信任寄托在我帝国的命运上
高高在上的众神,使我成为皇帝,
不会从一种更真实的生活中废除
我希望你能永远活着并站在那里
一个肉体存在于他们更好的土地上,
更美丽,却不是更可爱,因为在那里
没有不可能的事破坏我们的愿望
我们的心也不会因为变化、时间和纷争而痛苦。

"爱,爱,我的爱!你已经是一个神。
我的这个想法,我相信它是一个愿望,
不是愿望,而是看见的景象,对我来说
这被伟大的众神允许,他们热爱爱情并能赐予
终有一死的心,以愿望——
未被发现的愿望——的形式,
一个超越真实事物的愿景
我们的生命——被囚禁的生命,我们的感觉——
　被束缚的感觉。
啊,我希望你现在已成为过去的你
你已经行走在奥林匹亚大地上

你是完美的,然而还是你,
因为你不需要多余的穿戴
变得完美,你就是完美。

"我的心像清晨的鸟儿一样在歌唱。
众神的巨大希望降临在我身上
让我的心激起更微妙的感觉
不要认为你有什么奇怪的恶行
要认为你终究是凡人。

"我的爱人,我的爱人,我的上帝之爱!让我亲吻
在你冰冷的嘴唇上,现在是不朽的热唇,
迎接你在死亡入口的幸福,
因为对众神来说,死亡的入口就是生命的入口。

"我的爱人,如果还没有你的奥林匹斯山,我的爱
会为你创造一座,在那里你唯一的神可以证明,
我是你唯一的崇拜者,乐于成为
你唯一而永恒的崇拜者。
那是一个足够神圣的宇宙
对于爱和我,以及你对我的意义。
拥有你乃神之所赐

仰望你：永恒的最好的部分。

"但这是真实的，是我自己的艺术：你
现在是神，身体是我所造，
因为，如果你现在是肉身的现实
超越人的衰老与黑夜降临，
你要归功于我爱的伟大创造力
你把生命赐给你的记忆
并使它成为肉体。如果我的爱没有控制
我强大的军团意志的一个帝国，
你就不会被迫成为众神的妃子。

"我的爱找到了你，当它找到你时，
却发现它自己的真身和确切的样子。
因此，现在当我命令你的记忆
在众神的地方成为神时，我只是
把它的形状移到死神的高柱顶端
并把它放在那里，作为所有爱情的典范。

"哦，爱，我的爱，请忍受我
热爱奥林匹斯山的强大意志，让你成为那里
最新的神，蜂蜜色的头发

摄取神的眼睛！就像你在人间时，
在天堂里仍健壮地漫游，
囚禁在那幸福的家园，
陪着年长的众神，而我在尘世造
一座雕像，为了让人看见你的不死。

"然而，我将建立你真正不死的雕像
不会用石头，而是用同样的遗憾
我们的爱的永恒由它决定。
一边是你，如众神现在所见的你，
而另一边，在这里，是你的记忆。
我的悲伤将使那人成为神，并将
赤裸的记忆刻在护墙上
它展望着未来时代的海洋。
有人会说我们所有的爱只是我们的罪行；
其他人会对着我们的名字磨刀子
他们兴奋地憎恨美中之美，并使
我们的名字成为堆积物的基础，在那上面
蔑视地迅速耙平我们所有兄弟的名字。
然而，我们的存在，就像永恒的清晨，
会在美丽的时刻不断返回，照耀着
爱的东方，在光中供奉

新的神到来,让这个匮乏的世界生辉。

"你现在的一切就是你自己和我。
我们的双重存在是个联合体
在那完美的身体里,我的爱,
通过爱它,成为它,并从生命中
提示为神,平静于时代的纷争
之上,高踞于变化的激情之上。

"但由于人用眼睛比用灵魂看得更多,
我仍然会在石头上说出这伟大的悲痛;
仍然,人们渴望你的存在,
我会把这种遗憾刻到大理石上
这在我心中就像一颗伟大的星被镶嵌。
因此,即使在石头上,我们的爱也将如此伟大地
 矗立
在你,也是我们的雕像中,就像神的命运,
我们的爱的肉身与无形的本质,
像喇叭一样传遍海洋
从一个大洲到另一个大洲。
我们的爱将诉说它的欢乐和悲伤,混合着死亡,
穿越无限和永恒。

"而在这里，记忆或雕像，我们将站着，
还是同一个人，像我们过去手牵着手
也没有感到对方的手，因为在感觉感觉。
当他们接受你的意识时，人们仍会看到我。
在球形岁月的巨大轮回中，
所有神都可能经过。要不是你的缘故，
这已随着他们一伙人的离开而离开，
他们会回来的，就像他们睡了一觉醒来。

"然后，当宙斯重生、加尼米德
再次在他的盛宴上斟酒的时代结束时
将看到我们的双重灵魂从死亡中释放出来
并重新创造出快乐、恐惧、痛苦——
爱所包含的一切；
生命——所有美使人对自己的真爱
产生欲望，对魅力感到惊喜；
而且，如果我们的记忆被磨成尘埃，
我们双重的统一体必定
通过岁月尽头某些神的比赛再次得到提升。"

雨依然下着。但慢吞吞的夜幕降临。
闭上每个感官疲惫的眼睑。

自我和灵魂的意识
在增强,就像昏暗雨幕中的风景,昏暗。
皇帝静静地躺着,如此安静,如今
他几乎忘了他此刻躺在哪里,以及
他嘴唇上残留的悲伤的盐来自哪里。
所有事物都非常遥远,一个卷轴
卷了起来。他感到的东西就像
黑夜哭泣时环绕着月亮的光环。

他的头低垂在他的怀里,他们
躺在低矮的长榻上,对他的感觉很陌生。
他紧闭的双眼对他似乎是张开的,看到
裸露的地板,黑暗,寒冷,悲伤,无意义。
他痛苦的呼吸是他的感官能知道的一切。
从降落的黑暗中,风起起
落落;一个声音昏倒在下面的宫殿里;
而皇帝睡着了。

众神现在来了
用力量和休息看不见的手臂,不知道怎么
带走了某些东西。

里斯本,1915 年

35首十四行诗（1910—1918）[1]

1

无论我们写还是说，或者只是被看见
我们永远是不明显的。我们是什么
无法转化为词语或形象。
我们的灵魂离我们无限遥远。
无论我们赋予我们的思想多少意愿
让我们的灵魂储存自我展示的艺术，
我们的心仍然不能交流。
在展示自己的时候我们被忽视了。
灵魂与灵魂之间的深渊无法通过任何
思想的技巧或观看的诀窍弥合。
当我们对自己的思想说出自己的存在时
我们恰恰削弱了自我。

---

[1] 此处翻译依据的是佩索阿为再版所做的修订版。

我们是我们自己的梦，闪烁的灵魂，

每个人彼此梦想着别人的梦。

1910 年 8 月

2

如果生活乐趣的明显部分

我们刺痛的肉体感觉的界限

除了本能和共同的肉体视觉之外，能被任何事物
  看见，

那么快乐、肉体和生命可能只是一个粗糙的屏障。

也许，真理的躯体并非可视的存在，

甚至表象也是谎言，

也许我们亲近的、黑暗的、模糊的、温暖的视觉感

是蒙上双眼的窒息的视野。

思想的生命感从何而来？无。

一切要么是我们看到的非理性世界

要么是其他未知的腐朽之物

它为我们的思想所用。从何处带给我

  一种眩晕般的生命之痛，我们寻找

  并为之哭泣的一种躯体深处的灵魂之恨。

3

当我想到我最糟糕的一行诗
随时间的流逝将超越我的全部创作时,
未来的眼睛将更清楚地感受我
在这布满墨迹的页面中,而不是在我直接的灵
　魂中;
当我猜想让我在后世
看到我的好读者时,
感谢我存在的某种理念
那甚至不是我逝去的真正灵魂的结晶;
一种对世界本质的愤怒,
使这一切变得如此,或使这种明智可信,
扼住我灵魂的咽喉,使它
在每夜绝望推测的恐惧中被抛出,
　我变得只剩下愤怒感
　缺乏可以使用的那些词语。

4

我无法把你想象成一块块腐烂的碎片,
但你就是这样,因为你早已死去;

然而你完整地存在于我鲜活的记忆中，
你在我心中的样子从未逃离。
而且，我已经定格了你美的瞬间——
你渐渐逝去的微笑，你准备好亲吻，
记忆教导我的心此种责任
永远在那不死中认识你。
但是，当我来到你的安息之地，看见
自然的花朵无可指摘地忽视你，
疯长的野草带着偶然的瑕疵，
蚕食着镌刻你名字的变旧的石碑，
 我不知怎样感受，也不知
  如何面对你命运的重要秘密。

5

当每日所需带来的些微压力，
使我变得心胸狭窄，心烦意乱
我的灵魂震惊于世界工作时间的贪婪，
我如何能思考，或将我的想法转化为行动？
我的灵魂生来就认为它必须做事，
每时每刻都有一个想法要问
以适应它暗示的直接渴求

我如何能暂停我对任务的思考？
我为迎娶我的缪斯并在未来的大时代中
建造我们的家园而堆积的钱财
渐渐被每日用度的需要溶解
我感到陷入无限的困境；
  就像一个真正的基督徒罪人，肉体每天
  都被自己的行为驱使，失去了他希望的天堂。

6

像一个拙劣的演说家，糟糕的文笔，
以造作的热情淹没了他的意图，
又像一个钟表，由虚无的意志拧紧
那本应是内在本能的壮举；
或者像一个精于散文的智者，变成拙劣的诗人，
他的诗节里缺乏更微妙的音乐，
小心翼翼的无用劳作只是被人唾弃，
以异样的言语博得缪斯的快乐；
我研究如何爱，或如何恨，
使意识疏远情感，
即使感情的本质是强烈的
思想感情也被迫保持沉静；

就像一个人在没有河流时学游泳，

最接近技巧时，却像永远一样远。

7

你的话对我是折磨，那几乎不使你悲伤——

那全部的死亡将使我的全部思想归零；

我感到折磨，不是因为我相信你，

而是我不能不怀疑你。

现在拥有星辰的我

会因为这些拥有的星辰而幸存吗？

因此命运都是不公正的。然而，什么真理能阻止

一种完全不公正的命运的真理被相信呢？

猜想不能适合这个被看见的世界

在她思想的外衣未被戳破或覆盖时，

或用她鼓囊的外衣伪造另一个世界

她自己却没有发现它是完全的欺骗；

所以，既然一切都有可能，一种闲散的思想很可能

减少闲散的思想，自知并不更真实，令人失望。

8

在我们灵魂的脸上,在面具下,

我们戴着多少面具,当

灵魂为了自我运动,本身也会卸下面具,

它是否知道最后的面具已摘下,露出清楚的脸?

真正的面具感觉不到面具的内部

而是通过戴共同面具的眼睛看面具之外。

无论什么意识开始这项任务

任务公认的用途都与睡眠有关。

就像一个孩子被镜中的脸惊吓,

我们的灵魂,那些孩子,正在迷茫,

把差异强加在他们看见的鬼脸上

并从他们遗忘的原因中获得一个完整的世界;

 当一个念头要揭开我们灵魂的面具时,

 它本身并没有向袒露的真相揭开面具。

1912 年 5 月

9

哦,闲着的人热爱清闲!

我闲着，却一直恨自己；

永远沉浸在行动的梦幻与虚假的压力中，

有行动的目标却从不行动。

就像一头把自己关在诱饵巢穴里的猛兽，

我的行动意志严重束缚了我的行动，

不行动的思想被愤怒的绝望缠绕，

而行动的愤怒让绝望变得心烦意乱。

就像一个陷入危险沙地的人，

每动一下只会陷得更深；

挣扎没用，举不起手，

只是更缓慢地无用，我们没有力量。

　　因此，我每天过着死气沉沉的生活，

　　略微调整，对第二天重新安排。

10

像对孩子一样，我用对来日

空洞的许诺哄我的心入睡，

它沉睡是因为我的话让它入睡

而非想到它们的意义。

如果在乎意义，难道它不会醒来

并对明天的快乐提出更深切的疑问吗？

难道它不会更靠近我的话语，
在衡量它的尺度时接受承诺吗？
所以，如果它睡着了，那是因为它只关心
许诺的快乐带给此刻的睡意，
感谢果实只因那提前出现的花朵
这是不太活跃的感官最好的享受。
　就这样，我用欺骗留住了心
　欺骗本身也知道自己是它的一部分。

11

就像一艘船在暴风雨催促下前进，
我们的灵魂在考验中更加坚定。
这些让航程变得更糟的事情
却使它变得更好；危险就是帮助。
当风暴驱逐风暴，我们的心
在被解除的危险中成长；
我们越远离港口就越接近——
我们驶向的港口。
如果我们收获的是互相受益的知识，这
是我们从暴风雨中学到的，当暴风雨极度发
　作时——

它暴力的黑色存在是

接近遥远蓝天的莽撞承诺。

 我们只需学会如何掌握驾驶技巧,

  暴风雨的威力就会与我们的意志相匹配。

12

就像在夜路上受到惊吓的孤独者

突然转过身来,什么也没有发现,

但他的恐惧感仍保持着

那种他怀疑边缘只是虚无的负荷;

冷酷的恐怖使他更接近

某种从虚无中发出咒语的东西,

当他走动时,更可怕的东西却不在那里,

只有在看不见的时候才看得见:

因此,我转过身来思考这个世界,

没有勇气去看任何东西,

但我更恐惧的是,并没有可见的原因,

放弃那种感到的共同空虚,

 只因未看到神秘的神秘

  我获得了神秘的恐怖感。

13

当我向你诉说我多么梦寐以求
你的爱时,我听着自己的声音不免昏昏欲睡,
我发现我在听自己的声音,我话语的
噪声在我的倾听中变成了他人的。
但不要惊讶:这就是诗人的灵魂。
我无法向你更好地诉说我多么爱你,
我的爱并没有因为知道它而减少,我的
自我就是我的爱,没有任何思想证明爱。
意识本想通过意识制造更多的东西,
却使它变得更少,因为它本身使它变得更少。
我的爱的感觉不能使我的爱身披华服
岂不是因为它花费了爱本身的爱之财。
 诗人的爱就是这样(就像我在这些作品中向你
  证明的):
 我爱对你的爱胜过我爱你。

14

我们生于黄昏,死于黎明之前,
我们知道世界的全部黑暗,

我们怎能猜测它的真相,对天生的黑暗,
缺少光亮的模糊后果?
只有星星教导我们光明。我们
用游离的思绪抓住它们分散的微小,
尽管它们的眼睛可以看穿黑夜的完整面具,
但它们并没有说出白天的特征。
为什么这些对整体的微小否定
比黑色的整体更能吸引人的目光?
为什么被监禁的灵魂把增加小的
减损大的称为"价值"?

  因此,出于光的爱,希望它是黑夜的延伸,
  我们每夜想到在黑暗中抵达的白昼。

15

就像一个糟糕的求婚者,因不被爱
与爱的混合感受而绝望和颤抖,
他怀着恐惧的渴望半知半觉,用他
希望证明的东西掩饰他担心很快证明的东西,
我用内心的眼睛也不敢看,
却又困惑地看着,看着这首诗
可能会有的价值,很想知道我的书

会在陌生的心中产生什么想法。
但是，正如在爱的人，爱着，希望着，
然而，希望，又害怕，害怕证明，
他在头脑中摸索可能的证据，
拖延真正的证据，以免被真实之物嘲笑，
  我每天都在生活，梦想看到名声，
  只是通过我想到别人对我的看法。

16

我们从未充分享受过快乐，
甚至遗憾希望享受过快乐，
也没有力量遗憾失望，
回想的不是已逝快乐的想法，而是它的样子。
然而，快乐在享受时和享受后
是快乐的，正如快乐在回忆时那样，
在快乐逝去之前它一定是快乐
回想起来，快乐依然，因为它成为恼人的过去。
唉！所有这些都是无用的，因为快乐在于
享受，而不是对享受的思考。
仅用思想镜像抵抗自身就会犯错，
只凭思考就会毁坏坚实的生命。

然而,我们越用思考去证明
不必思考,就离快乐越远。

17

我的爱,而不是我,是利己主义者。
我爱对你的爱本身胜过爱你;
啊,胜过爱自己,它确实存在于我体内,
让我活下去,以我为食。
在桥的国度里,桥
比它跨越的海岸更真实;
因此,在我们的世界里,一切关系中,这
是真实的——爱比任何一个爱人更真实。
因此,这种想法轻易地来到怀疑的门前——
如果我们看到这个世界的实质,不
仅仅是间隙,上帝的缺席,仅此而已,
真实意识和思想中的空洞。
  如果思想可以结出这样的果实,
  为什么真理就不可能呢?

1912 年 7 月 9 日

18

无边的空间,借着同质的黑夜,
在一个黑色谜团中,两个空白的神秘融合;
零散的星星,它们无数的光芒
重复着一个神秘,直到猜想结束;
时间的溪流,以生而爆裂的气泡知名;
寂静的沟壑,甚至空无一物;
思想的高墙迷宫,令外出的主人烦恼不已
因为绳子丢了,计划忘了:
当我站在这里思考这个和那个的时候,
这些思想的思考者,空虚而聪明,
向我的思想举起我的事物之手,
用思想异样的眼睛看着它,
 我惊奇的惊奇望穿
 那孤独而广阔的黑暗宇宙。

19

美和爱不让任何一方分开,
精确的自然使它们彼此契合,
美赋予爱以完满的命运,

爱赋予美以命运的本色。
让灵魂发现美好的人成为朋友，
没有人敢在身体的思想之外去爱，
这样就会看到亲密的情侣携带着
各自在对方身上寻找的真实的美。
我只能出于对爱情、你和我自己的
丑陋的嘲弄而爱你；
因此，我歌颂你的美，而不是希望你美，
感谢诸神，我并不渴望不合适的位置，
 免得像一个渴望国王长袍的奴隶，
 得到了，只要一穿就会损害它们。

20

在不断扩大的重生轮回中，
我游历的灵魂将来到一个新的肉体，
怀着对永恒家园的古老忧伤
再次踏上这片被遗忘的土地，
我是否应重访这些同样的不同田野
以同样的感觉采摘古老的新花，
一些挫败的记忆产生的微弱气息，
比我在这伪装中的日子更古老？

我是否会再次惋惜陌生的面孔

它们已被现在的记忆遗忘

只是在看不见的混沌中

从封闭的大海和思想的黑夜里浮现?

 倘若你的脸是同一张,那又有何甜蜜,

 尽管用盲目的感觉,想起了你!

21

思想生来盲目,但思想知道什么是看见。

它仔细地触摸,从形状中解读出形式,

仍然暗示形式是一种东西,其适当的存在

仅仅发现触摸到了错误的黑暗窗帘。

然而,除了猜测的视觉之外,触觉从何教起:

触觉只是一种亲密而空洞的感觉?

纯粹的触觉,自我不满足,如何达到

更真实的感觉的全部智慧?

曾经触摸过的东西,如果现在不触摸了,

仍存在于外在已知的真实记忆中,

因此,触觉的非接触记忆符合感官的

感觉,从而显示出远方的事物。

 所以,通过非触摸的触觉,错误的正确,

触觉的观看思想看到的不是事物，而是视觉。

22

我的灵魂是一场僵硬的演出，一个人接一个人，
是比埃及更古老的某种埃及艺术，
发现于某个墓穴中，其仪式无法猜测，
在那里，其他一切都化为彩色的尘土。
不管它的意义是什么，它的时代与那些
站在上帝身边的神职人员的时代是孪生的，
当时的知识如此之多，以至于那是一种罪过，
而人的灵魂太像人了，不适合它居住。
当我问起这场演出是什么意思时，我
突然想看看它，但我失去了
看到它的感觉，也无法再
试着看，我的记忆也没有什么用，
 那似乎在回忆，只想起
 曾看过那些墙壁的空虚。

23

就像在低云密布的日子，

当所有云在地平线聚成一朵时，
我们的思维感官会认为太阳消失了，
会说"无阳光"和"没有太阳"；
然而，就在那一天，他们用看不见的
太阳流出的精华来歪曲真理，
他们的话语本身就是谎言，
缺席的思想来自在场：
就像我们通过善来推断什么是恶一样。
他说的光，说的是缺席的光，
而缺席的神，变成了在场的魔鬼，
本质上仍是缺席的神。
　撤回的原因通过被撤回而得到
　（因而仍是原因）被否定的结果。

24

我心中的某些东西诞生于星辰之前
看到太阳从远方升起。
我们黄色的本地白昼在它惯常的震动上
因为它与绝对的白昼交融。
穿过我思想的黑夜，就像一件旧长袍
我从未见过它的踪迹，我拖着这个过去

看到了可能，就像黎明在消失的
黑夜前变得苍白，寂静而辽阔。
它的日期比上帝诞生时更久远，
其尚未诞生，而世界已紧随其后。
因此，世界对我来说，就像低语之后，
被忽略原因的突然回荡的笑声。
　我的猜想知道它有一个意义，
　　但它的全部意义只是显示它有意义。

25

我们在命运和命运中挣扎，却缺乏
灵魂的外在性来认识自己是其住所，
只有以命运本身内在的强制力
迫使命运靠边或后退。
我们离外在的真理太遥远，
无法了解我们多么不是自己，
只是活在错误的青春热血中，
却年轻得足以忽视青春。
心智的双重性让我们无法瞥见
自己在万物中的外在存在，
无法从他者的角度看出我们的面容，

无法看到我们的木偶意志操纵的琴弦。

 一种未知的语言在我们心中说话，我们
听着它的话语，面对现实。

26

这个世界由所有梦和错误编织而成
而我们的真理中可能只存在一个确定性——
当我们朝任何事物举起思想的镜子时
我们并不是通过认识它而认识它。
因为镜子只知道事物的一面，
并且知道它因坚硬而冰冷。
它的真相是双重谎言；它显示的
真实是假的，真实无处存身。
思想用陌生模糊了我们生活的日常感觉，然而
从陌生中至多只能获得奇怪的
困惑思考，因为我们从词语中得到的
只是词语的意义——知识、真理、变化。

 我们知道世界是假的，不是真的。

 但我们继续思考，知道我们永远不会知道。

27

昨天是多么久远！过去
与今天有无限的固定距离，
逝去的事物，最初的就像最后的，
在遥远的不可挽回的相同中。
未来是如何无限远离
它此刻将要到达的地方，
就像河中远处可见的波浪，
它到达的不是我们，而是涌起的新波浪！
时间这东西，它的存在就是没有，
它是我们不同命运的温和暴君，
它不会被破碎的太阳收买，
也不会被我们细致日期的新用途欺骗。
 时间这东西，会把我的心带进
 坟墓，但我确信它和我的恐惧。

28

绿色波浪的边缘在潮湿的沙滩上发出
白色的嘶嘶声。我看着，却在做梦。
现实肯定不可能是这样的！

不知怎的，在某地这种真实却如幻觉！
天空，大海，外在欢乐的
巨大范围，我们感到的这个庞大的世界，
不是别的，而是某种插入的东西。
在这里只有不是这里的东西才是真实的。
如果这就是有意义，如果清醒
只是为了看见事物这明亮、巨大的沉睡，
为了更珍贵的药剂，我将服用我自己的梦，
为了真理与想象交流，
  抱着一个太苦的梦，一个太公平的诅咒，
  这人类共同的沉睡，这宇宙。

29

我疲惫的生命，不满足地
活在这被挫败的成为永恒的边缘，
意志的力量被拒绝
放弃的意志也错过；
我饱食的生命，什么也没有得到满足，
在蓄势待发的运动中，
在它的梦中，从它自己的梦中消退——
这种生命让众神改变或消失。

因为这一连串无穷无尽的空虚时光,
就像荒漠接着荒漠,空无一物,
破坏了做梦的能力
甚至使思想积极的无为变得迟钝,
　让梦中的行动提前染上了不情愿的意志,
　因此两次远离未获得的事实。

30

我不知道这种对所见世界的悲哀感知
所显示的不真实中会有什么真相,
也不知道这株开花的植物是否也
结出了通向未知的真正现实的果实。
但正如彩虹,既不是大地的也不是天空的,
矗立在安静雨珠滴落的清新中,
一种希望,既不是真实的但也不是幻想的,横亘
在我们痛苦停息的时刻。
不知何故,既然痛苦被感受到,却仍令人不安,
希望比被希望有更好的理由;
既然痛苦是我们不应感到的事物,
人类就有自然的理由去探索,
　既然时间就是时间,衰老和悲伤是他的措施,

那就去找一个比时间的快乐更好的庇护所吧。

31

从意识的所有永恒时代来看
我比大自然和她的时间更古老,
我成年后遗忘了出生地
可我并非没有祖国。
一个流亡者的渴望从我的思绪中逸入
我曾梦想的那片土地的日光,
我无法想起它的颜色和形状
却像闪光的东西萦绕我的时光
但不像记忆中那样明亮,
也不像想象中那样向左或是向右;
我周围的一切品味起来仿佛生命已死
世界的形成只是为了让人不相信。
 因此我把希望寄托在未知的真理上;然而
 除了通过希望,我如何得到未知的真相?

1912 年 12 月 24 日

32

当我感觉要感觉之物出现时,
感觉就是感觉,在它是我的或进入我心中之前。
当我听见时,倾听,在我真的听见之前,听见。
当我看见时,抽象的视觉在我之前看见。
在我接触的一切中,我是部分的灵魂部分的我——
灵魂是我白天与一切共存的部分,
我是晒不到太阳的部分,它确实有意义
因为我可以因它犯错,我的感觉是我的召唤。
其余的人想知道这些想法可能意味着什么,
它们来解释却突然消失,
就像嘲笑信息的信使,
解释除了这个解释之外的一切;
　就像我们突然想到一封密码信的密码
　却发现它是用一种未知的语言写成。

33

后退的人后退,因为他要前进,
虽然后退的人并不前进,
而寻找的人,虽然毫无机会,

仍可以用词语说找到了匮乏。
"有"的这种悖论,在它筛选的
世界事物的意义中是"无",
但在纯粹思想的实质上是真实的
它表示的"无"意味着某种事物。
因为思考"无"意味着"无"被给予,
就像不给予代表着不去给予一样,
而且,对于同样不受贿赂的真正思想来说,犯错
就是发现真理,尽管是以否定的形式。

如果虚假是任何事物,成为任何事物是存在,
那为什么还要称这个世界是虚假的呢?

34

残疾者、跛足者、疯子、盲人都是幸福的——
所有这些人,因出身的限制而被区分对待,
对人类没有忠诚的责任,
在他们的价值体系中也不采取评价!
而我,被命运,而不是自然,限制,
没有任何外在的空虚可以豁免,
在我失败的地方必须承受指责的目光,

被固定在蔑视的总轨道上。

命运，不如大自然善待匮乏的人，

它给人厄运，却不显示外在原因，

使我们不受嘲弄的意志成为镜子的背衬，

而命运的行为本身仿佛就显示了它；

  男人，就像孩子一样，看到那里的形象，

  为原因而发生，并让我们的意志承受命运。

35

好。我已完成。我的心沉重。我悲伤。

外面的白昼，照亮蓝色的空虚雕像，

完全是外在的，别人的，仅仅因为

不是我（我的疼痛是这样理解的）而快乐。

我，在一切事情上都失败了，除了已有的

哀叹，此刻我无可哀叹，

因为在普遍的命运中，什么是不失败的呢？

为什么，命运已过去，只剩下失败。

无论发生什么或停止什么，又有什么关系，

既然我们的意志毫不影响事情的重要性？

让我们用更高的琐事展示我们的智慧，

深知，如果我们做不到，那就是命运。

当有规律的星星教父般守护着

我们的出生和我们的血脉时，它们就会束缚我们。

铭文

1

我们路过并做梦。大地微笑。美德难得。
年龄、责任,诸神重压着我们意识到的幸福。
抱最好的希望,做最坏的准备。
有目的的智慧的总和在这里说出。

2

我,克洛伊,一个女仆,非凡的命运赐予,
这个对他们无足轻重的人,人的阴影,
这是诸神的旨意。我的年岁不过是七岁的两倍。
我被遗忘在遥远的林中空地。

3

我从山上的别墅久久俯视
那个喃喃自语的小镇；
然后，有一天（生命的视力衰退，晦暗的希望
　破灭）
把我的托加袍[1]拉到我的头上
（最简单的姿势就是最伟大的事情）
像一只飞升的翅膀。

4

不是刻克洛普斯[2]养了我的蜜蜂。我的橄榄渗出
油就像太阳。我的几处牧群远远地低着头。
喘气的旅行者在我的门边休息。
湿润的土地仍散发着气味；我的鼻孔已经死去。

5

我征服。远方的野蛮人听过我的大名。

---

[1] 古罗马服饰，是古罗马男子的身份象征。
[2] 刻克洛普斯（Cecrops），希腊神话中半人半蛇的怪物，雅典的创建者。

男人是我游戏中的骰子,
但我很少投自己:
我投骰子,命运的总和。

6

有些人被挚爱,有些人被珍视。
一个养家男人我的伴侣的天生妻子,
我足以满足我满足的人。
我移动、睡觉、生育、衰老,没有命运。

7

我拒绝快乐像拒绝一个陌生的碗。
坚定、独立、属于我,我望向众神似乎的所在地。
普通的影子从我身后悄悄溜走。
梦见我睡不着,我睡了我的梦。

8

还不到五岁,我也去世了。
死神降临,带走了他找到的孩子。

没有神灵赦免,或命运微笑,所以
小手,紧握着那么小的圆。

9

古老的小镇一片寂静。
草长在下面没有记忆的地方。
我们这些大声吃饭的人已化为沙砾。故事讲完了。
马蹄远去安静下来。旅店的最后一束光熄灭了。

10

我们,都躺在这里,相爱过。这否定了我们。
我失去的手在她乳房缺失的地方碎裂。
爱众所周知,每个爱人都是匿名的。
我们都曾感受美好。吻,因为那曾是我们的吻。

11

我为我的城市需要赴远方作战而倒下。
我说不出来
她究竟需要什么,只知道她需要我。

她的墙壁是自由的,
她的话与我说的保持一致,人死了,
她却不会死去,像我一样。

12

生活度过了我们,而不是我们度过生活。我们,
　　像蜜蜂一样啜饮,
观看、聊天、吃饭。最后树木像我们一样生长。
我们爱诸神,但就像我们看到一艘船。
从未意识到正在意识,我们死去。

13

工作已完成。锤子被放下。
工匠们,建造了这座缓慢生长的小镇,
被那些仍在建造的人继承。
所有这些都是缺乏筛选的东西。
整个思想没有意义
却像打翻的水罐躺在时间的墙边。

14

这覆盖了我,那曾经拥有的蓝天。
这土地踩着我,我也曾踩过它。我的手
把这些铭文放在这里,不太清楚为什么;
最后一个,因此也看到了所有,过客。

1920 年

其他诗（1901—1935）[1]

---

[1] 本集诗大多无题，为编目方便，暂以首行区分各诗。未出自首行的题目系有题诗。

我的心肝宝贝,与你分离[1]

我的心肝宝贝,与你分离,
被尘世鄙视,失去同情,
尽管风会颤抖,心会动摇,
我永不会忘记你。

童年的钟声对一个
不再自由的人似乎轻柔悦耳,
但任凭风颤抖,人心动摇,
我永不会忘记你。

在朦胧的幻觉中,从学校问好里
我看到自己孩童时的模样,
风已颤抖,人心已动摇,
但我没有忘记你。

---

[1] 此诗译自托尼·弗雷泽整理的版本。理查德·泽尼斯将此诗系年于 1901 年 5 月 12 日。

当我从学校欢喜地走来，
第一次看到你神圣的模样，
风已颤抖，人心已动摇，
但我没有忘记你。

自从我为你萌发
男孩子纯真的激情，
尽管风已颤抖，人心已动摇，
但我没有忘记你。

星星闪亮，从月光照耀的大海上，
月亮看起来很可爱，
风已颤抖，人心已动摇，
而你已忘记我。

我的心肝宝贝，与你分离，
被尘世鄙视，失去同情，
然而风会颤抖，心会动摇，
但我永不会忘记你。

1901 年 5 月 12 日

从火车上看到的阿连特茹[1]

空白周围全是空白

中间有几棵树

没有一棵特别碧绿,

没有河流或鲜花到访此地。

如果真有地狱,我已经找到了,

如果它不在这里,魔鬼到底在哪里?

1909 年 8 月 24 日

---

[1] 阿连特茹,葡萄牙七个大区之一。此诗出现在佩索阿给朋友的一封信中,当时他去西班牙边境附近的波塔莱格雷为自己开的公司买印刷机。

阿拉伯圣人

阿拉伯圣人的孩子躺下死去，脸色发青
他俯身将眼睛凑近书卷
他颤抖的目光几乎读不懂，
但他能控制自己。
"真主是伟大的，万物都在**他**手中；
我们的善恶都是**他**的善意；
我们的生命我们不能决定也不能理解，
但**他**知道一切，一切皆如**他**所愿。"
他想到这里，回想梦中读到的内容，
他死去的孩子的现实
变成了视野的一角，变成了某种
想到的死物；他现有的思想很少
脱离真主，**他**的每个细节就是一切。
他继续读着，直到清晨让短暂的春天来临。

1912 年 6 月 10 日

夜本身确实似乎睡着了

夜本身确实似乎睡着了。巨大洁白的月亮
守望着它静默沉睡的灵魂。
孤星散落的宁静，熏香般的
景象，让生命的感官迷失了方向。

我自己的思绪在沉睡，呼吸低沉。我的灵魂
像一个被抛掷的物体躺在时间的草地里。
我的躯体在休息，直到我的感觉消失
我变成纯粹的我，纯粹的灵魂，梦的凉亭。

哦，不要醒来！不要成为时间或这种虚无
之外的东西！没有任何空间范围！
告别恋母般的需求，
不再是任何能回忆或希望的东西！

我自己的灵魂，我的整个虚无世界，所有一切，
我的无门伊甸园，我的整个死亡和坟墓！

1912 年 6 月

一个女孩,想着她的情人,坐在班轮甲板上的椅子上

在这把椅子背后,柔软的感觉紧贴着我的后背,
我的脖子感觉异常兴奋
在我们接吻的那个夜晚,螺旋桨的
震动声径直穿过我的梦,轮船似乎
穿过了那夜我的视线,甲板
处于我们亲吻的滋味之间,一缕轻烟
突然飘过甲板上的天篷
那个遥远的夏夜还在那里。

1915 年 5 月 29 日

天空是一颗闪耀着欢乐光芒的巨大绿松石

天空是一颗闪耀着欢乐光芒的巨大绿松石，
整个大地都聚集在蓝色海洋里，
绿色的田野也随之而喜悦，
整天在山谷中玩耍，像一个
快乐的孩子，时光欢乐地建造着。

如果没有忧虑，我会多么快乐啊！

但是有太多悲伤，只因看见
意识的女性疾病
像蠕虫一样侵蚀存在的本源。
一想到活着，我就感到痛苦。
我感到我的心像某个沉重的地方。

1915 年 7 月 15 日

哦,沉重的一天

哦,沉重的一天伴随着那么多东方的欢乐
到来。
它使大海的宁静变得碧绿
并摆了一场
颤抖着逃离的蓝色波涛的宴席。

哦,沉重的一天,因为我心爱的人已离开
带走了
他洁白的手臂和像
横着生长的罂粟花一样的嘴唇
那天我第一次见到他,感到我的心在呻吟。

我的双手伸向他的到来,
他却没有来。
他似乎是个女人,他打手势的手
常常让我在心灵的沙地中梦见与他

一起做奇怪的恶行。

他不过是个孩子。他的躯体是白色的,
他的手臂裸露
紧抱着我的脖子像一件乐事
而我分享的却是
痛苦就像黑夜里远航的帆。

哦,心爱的人,回来吧!这一切都是你的梦
回来吧,唤醒
我颤抖的躯体,感受爱在
像我们这样的恋人身上带来的
那种可恨的痛苦。

金发男孩不能像我爱他
那样爱我,
看,生命短暂,我们的嘴唇会暗淡……啊,我
　　知道
我又丑又笨
但是爱我一点点或似乎……爱我然后离开,
但在离开之前爱我,然后让我
在生命缓慢流逝时梦见曾经的真实……

他们对你的美貌做了什么，

巴蒂鲁斯[1]，心爱的人，他们对你

裸体的力量做了什么，从责任中扯出我们的心

把它们放进我们眼里，任务只是看到

你洁白躯体的全部意义

以及你甜蜜的吻在阳光下的承诺？

1915年7月15日

---

[1] 巴蒂鲁斯（Bathyllus），罗马帝国政治人物、诗人，同性恋者。

预见力

每当你迎风解开
你乌黑奇异的头发
风把它吹起来，让它肆意飘扬
它掠过空气的方式引起
骚动和暴力，混杂，散开，不确定
在它保持的蛇一样的疯狂中。

然后我确实知道
梦从哪里来
激情向哪里去，
在那个世界与这里相反的某个地方
但风景、人和这里一样，
在南方的大海里
有风暴和撞在高耸
岩石上的沉船，岩石不会顾虑
人类的不幸。

这两件事只是一件。
你飘逸的秀发，就是那艘
在颠簸、汹涌、该死的海洋中毁了的大船。
既不先于也不导致另一个，
二者也不像兄与弟，
而是绝对的一个，完全一样，
在话语是事物的本质之处，
某种程度上它们有一个相同的名称。

真正的视力，就像上帝的视力一样，应该看到
风吹过你头发的吻和远处的风暴
是一件事——但又是两件事，因为我们看到的是
　　两件事
当我们把它们想象成一个时，双重的形式
在我们的理解中变成了一体。

因此，当你让你的头发随风飘散
在它那变换的细长手指上时，我悲伤，
因为我的那种视力可以将那一幕转变为
更严峻的意义，在那个世界
只有通过我心里而不是这里醒来的东西才知道——
那疯狂的沉船的景象痛苦地萦绕着

让我在想象中感到疼痛。

唉！万事万物都是联系的，我们不知道
我们每个不经意的念头的一星半点。
我们从没有看到我们拥有的每种感觉
除了那梦幻般的点滴；我们穿过它
就像快速的旅行者，几乎看不到
他们经过的事物，他们看到的东西却看错了。

我写这些的意义是什么呢？
没有什么，就是这些，
我不知道为什么，有些东西我知道
必须说出来，目的是
那个秘密的存在，它让我的尘土之躯
承载着我的灵魂被忽视的存在，以及
那种生命的气息，它让我在每个时刻的死亡中
  幸存。

1915 年 11 月 4 日

可爱的人 [1]

让他们说我的坏话吧。我不在乎。
你为什么比我更在乎那公平的艺术?
我的嘴唇常常停留在你的头发上,
常常停留在你的嘴唇上,常常
停留在你洁白的手臂上,它们却假装躺
在我梦中的软垫上,像模糊的柔软之物……

让他们说吧。如果你的嘴唇意味着生活,生活
就是甜蜜的。如果你是爱,爱就是甜蜜的。
蔑视者无法知道是什么吻庇护了
我们悸动的心,也无法证明
那种完全占有我们的疯狂的爱可以用
反常的行为来描绘,就像帝国的末日

---

[1] 原文为 Le Mignon,在这里应指代和安提诺乌斯一样的古代同性恋者。在这首诗的打印稿后,佩索阿手写了一首续诗,将哈德良对安提诺乌斯的爱与宙斯对加尼米德的爱加以比较。

沉没在战舰中,将日落与
风景的翠绿融为一体。

让他们说吧。把你的手放在我手里
让我们像传说中的少女和男孩那样
相爱。但我们都不是,爱是红色的
在我们激动且理解的炽热灵魂上。
哦,到你的床上去吧!

哦到你的床上去,你的床比少女的沙发更美丽,
以奇怪的谨慎遮住窗帘,
让我们到你的床上去,赤裸地亲吻同时触摸
那是从我们更炽热的梦中选出的,用思想
超越欲望,让欲望作用于我们的身体。
我们结合在一起的名字的神奇痛苦
将用充满激情的陌生照亮未来。

安提诺乌斯!

1915 年

陆地和海洋的双翼之神

陆地和海洋的双翼之神,
他来到所有人身边,却从未来到我身边,
实现了欲望的国王,甚至在没有鲜花的
荒漠中度过时光,
与万物达成一致的捐献者,
他乘着感觉的翅膀盘旋在我们的
思想周围,直到所有思想都注视着它们——
他从未来到我身边,我爱他。

但是,除了爱情和玫瑰,还有其他的花,
心会随着没有思想假设的思想而跳动,
　　眼睛因为没有形式萦绕的欲望而变得模糊,
　　耳朵在模糊圣歌的呼吸中游走,
从混乱思想的深渊中涌出来,
用金线编织我们偶然的命运。

那棵棕榈树下躺着我的幻象。
整个地平线倾斜,直到思想邻近,
幻象像湖一样蔓延并睡去,
在那里,我的小屋因欢乐感觉的跳跃而忧伤……

我的心知晓并保守的那个秘密是什么?

1916年4月10日

不可能之事的母亲

不可能之事的母亲，
永不能成真之事的姐妹，
你紧闭的双唇将永不会说出
话来，这就是痛苦——
坐在我身边我却不理睬。
微笑着面对我对你的无知，
我失去的孤独得以恢复。

哦，生活是悲哀的，就像不情愿的事情，
对那些像我的灵魂一样盲目的人来说，
爱情是永远不会到来的日子
充满了城市沦陷时
即将敲响的鼓声的预兆，萦绕着
内心的幻象，当死亡的圣歌惊人地响起
黑夜在我们心中嗡嗡作响。

哦,向我解释我的灵魂!
不要给我真理,视力,道路,
但要把意识到的不幸
和似有却遍寻不见的驱使
从我这里拿走……
靠近我的负担让它减轻!
哦,让我握住你的手做梦!

1916 年 7 月 22 日

我写这首诗为了纪念你

我写这首诗为了纪念你,我的爱,你没有死,
也为了纪念我们从不知道拥有的那份爱。

我年长,你年幼,我们是男孩。
如果我们知道如何爱,我们就会彼此相爱。
如果我们猜到爱的方式,我们就会发现它的乐趣,
但我们是男孩,我们像兄弟一样彼此相爱。

然而,如果我今天遇见你,也许会一样。
现在,我羞愧于以前不知道我是谁。
也许发生的就是最好的——我们爱情的
纯白火焰并未引起我们的注意,燃烧得更旺却
 更糟。

我常常想起你,我的灵魂悲哀地叹息。
你有时会想起我,也会有这样的感觉吗?

今天我知道，如果我们成为情人是最好的，
今天我知道，却不再在意。

你优雅美丽，我却一样都没有：我爱过。

这种古老的病在我心里留下的污点更深了
只有希腊人才能使它美丽，因为他们本身美丽。

1916 年至 1917 年

让我们休息吧[1]

让我们休息吧。并非每个小时都是下一个小时。
愿此刻环绕的不只是空虚
加密的生活文本的意义
我们欠生活和思想忏悔。

让我们休息吧。并非每个小时都是下一个小时。
即使幸福来得太晚,也是
一种安慰,免得附近的风吹落
现在的花,命运仍然跟随命运。

让我们休息吧。力量无用,生命徒劳。
询问意味着不被回答。
向快乐迈进就是在痛苦中前行,
不得不活着就是把生命从生活中取走。

---

[1] 以下六首为无题英体十四行诗。

因此没有真正的思想也没有公正的命令,
更没有值得拥有的浮华。让我们休息吧。

      1919年1月13日

我能将每种情绪写成诗

我能将每种情绪写成诗
充满满足的自负,
所以阅读的头脑不需要感觉排练,
而是被意图的箭直接击中;

我能把大量思想,每种思想
都是火车的列车长,压缩成一个精确的楔子,
由此幽暗的后方被清晰而强烈地
带到动人短语的边缘;

我可以停止创作,但在阅读时
创作的快乐重新出现,
摈弃精确除草的胆怯忧虑
那使头脑疲惫,认为所有工作都是徒劳。

它不像花那样生长，不依赖任何辅助工具。
但像花一样生长的东西，也会像花一样凋谢。

1920年11月6日

我常常希望这种嘲弄会结束 [1]

我常常希望这种嘲弄会结束
我们之间的爱情！现在它结束了。
但我甚至不能对自己谎称
这个愿望的实现给了我足够的快乐。

每次离开也都是一次分别。
我们最快乐的日子也会让我们老去一天。
要得到星星，我们也必须有黑暗，
越新鲜的时刻同样越冷。

我不敢犹豫不接受
你的分手信，但
怀着几乎不能拒绝的某种模糊的妒忌

---

[1] 写这首诗的前一天，奥菲利娅·凯罗斯寄来一封信，说她厌倦了徒劳地等他，不愿继续这种关系。佩索阿便写了这首诗，次日写了著名的分手信。

我希望我们的心能从命运中得到更好的安宁。[1]

永别了！然而我是否为此微笑呢？
现在我的感情已迷失在思绪中。

1920 年 11 月 28 日

---

[1] 此句的最初版本是"我们适合不同的延伸"。——原编者注

你不必蔑视我

你不必蔑视我。我对你的所有赞美
不是为了开启人们的欲望
（因为你的美），欲望是自由的。
我的火焰在你的祭坛上没有火花。

美人应该与美人为伴，以免因相加
而受减去之苦。因此，我称
你的真伴侣为美。因此，我毁灭
自己的欲望，否认我自己的爱。

我否认了对你可能的爱
这个念头，不管是否这样，
它真的让我痛苦；然而这份被给予的痛苦
并非来自否认，而是来自它的理由。

诸神注定我不美丽,

注定这个可能的否认是合理的。

> 1921 年 10 月 5 日

就像伟大的马基雅维利

就像伟大的马基雅维利[1]，对一切关紧房门，
穿上宫廷礼服参观他的发明，
而我，在威严的缪斯女神的召唤下，
让广阔的世界沉睡，漠不关心。

我对我心中的所有人关上门：
朋友，亲戚，同胞和自己，
把我自己与永恒关在房间里，
把我的善行与恶行都束之高阁。

我努力取悦雅典娜，而不是人类。
没有任何时间可以召唤我，没有任何地方可以诱惑我，
没有任何渴望可以取悦我，也没有任何恐惧可以

---

[1] 马基雅维利（Machiavelli，1469—1527），意大利政治思想家、历史学家，著有《君主论》等，被称为"近代政治学之父"。

冒犯我，
完全无视对真正的美的用途的巨大激情。

我会让我自己生气，如果它非常适应
索求的暴政和智慧的压力。

1921 年 11 月 3 日

每月，似乎，我的头发确实变得更白

每月，似乎，我的头发确实变得更白；
每月，我的镜子都会突出一张更苍老的脸；
甚至看不见的那些时间也会带走——
我们青春的最后壁垒[1]，自我无意识。

我再也不能想象自己被爱，而不
把爱想象得虚假，不把爱人想象得盲目。
我的灵魂之火从最初的灰烬中熄灭。
死亡的阴影覆盖了我的边缘。

现在，我这个凡人终于感到一个事实
而在此之前，我只知道一个模糊的真理。
我的肉体第一次接触到神秘的真相。
信仰的缺失使我不太温暖的外表更冰冷。

---

[1] "壁垒"又被改成"花朵"。——原编者注

我已经看到我因此而生的悲哀

比它本身应有的恐惧更稀薄。[1]

1921 年 12 月 4 日

---

[1] 这两句的另一版本是"我因看到这感到的恐惧悲伤，/ 在某种程度上更轻，比应有的更冷"。——原编者注

大师说你不必在意 [1]

大师说你不必在意
别人在需要时说的话。

他们坐在快乐的树下,
谈论虚无,谈论智慧。
他们站在沉默的树下
谈论欢乐和无人区。
他们躺在愠怒的树下,
那大地和天空的奇迹。

这是这首歌的问题,
没有人能唱得好唱得长。
这是这个故事的实质,
除非失败,否则没有人能讲出来。

---

[1] 以下两首译自托尼·弗雷泽整理的版本。

这是最后一个人写的
这首诗的主题，以免地球变得更糟。

于是附属的夜莺
忘记了它的音乐和它的故事。
于是百灵鸟飞起来，发现
到处都是空气和虚假的统治。
于是坠落的鹰失去了猎物，
飞掠而过，只拥有虚空的白昼。

然而这一切的秘密是什么
或曾是什么，也许现在谁也猜不出来。
也许超越了思想的定义，
就像从沉睡的葡萄藤上汲取的美酒，
存在着一些机会，也许有人会
把昨天变成阴影，变成睡眠。

但无论这有没有意义，
把草坪布置得这么漂亮，
肯定是一种深思熟虑的想法
评论家们却都反对。

这是理由，也是归宿。

剩下的就是为什么漫游是正确的。

1933 年 2 月 2 日

低沉悲伤的风充满孤独的夜晚

低沉悲伤的风充满孤独的夜晚
发出一种孤单的声音。
我已忘记快乐
有何乐趣。在模糊的周围
所有睡眠都是圣地。

唉,我曾希望的一切!
羊啃食它下面的青草。
它的坟墓就在山坡上,
过去是山,但现在荒野
是它死亡之上的全部生命。

呻吟吧,孤独的风醒来
而白昼在沉睡!模糊而低沉地呻吟!
那我从未有过的东西此刻得到了满足
它的渴望在芦苇丛生的寂静

湖畔，或河无声流淌的地方。

明天将成为昨天
免得生命忘却曾经。
我将抛弃自己现有的
这一切，与在河边
哭泣的我从此断绝。

这条鬼魅之夜的河
在星空下我看不见
既无目的也无快乐，
呻吟吧，孤独的风，成为
此生不变的无岸之海！

1933 年 3 月 13 日

我爱这个世界和所有这些人

我爱这个世界和所有这些人因为
我爱他们不会长久。我不相信
我们真会死,被更高的法则束缚,
但不否认我们会失去这个世界。

这在大海里发出许多光的光,
这在我们最没有感觉时那么柔和的微风,
也许会被更神奇的景象
或更真实的微风替代;但这些都消失了。

就像童年某种奇怪的把戏,很糟糕
但还有童年,也许在某个
崇高而宁静的遥远世界里我会后悔,
童年我永不会忘怀——[1]

---

[1] 这三句的另一版本,"但还有孩子,我已经后悔了/因某个崇高而宁静的未来大世界"。——原编者注

不，不是这些感官的玩具——这个世界，这
　些人——，
现在拥有时珍贵，因为当初失去时珍贵。

1933 年 10 月 8 日

那些幸福或不幸的人

那些幸福或不幸的人,或许可以这样描述,
在感到或未感到的冲突中,
在有意识和无意义的命运中,
在有用无用,无法想象的生活中,经历漫长的
　一生,

那些拥有理智的普通人
生命带着它来到他们身边,又把他们留在那里,
在他们身上,精神的东西只是一种伪装
被当作稀有之物的真正存根——

我不知道我是否羡慕他们,
他们和我一样,却又不同。
万物平等,我们的命运相同,
思考它们却使所有事物都不调和。

当阳光普照时,我们是平等的,但家
和自我的黑夜来临时,一切都不正常了。

1933 年 11 月 2 日

只是一个吻吗?

只是一个吻吗?
不只是这样吗?
他只是太善良了?
你只是太盲目了?
不管怎样
我想知道。
我不是嫉妒;
不,我只是热心
你不应该跌倒。
我想我会原谅的,
哦,我肯定我会原谅的
只要你告诉我一切。

只是一次接触
在你手臂上? 还有更多吗?
只是一个吻

还是比这更多?
告诉我,告诉我,尽管
它会让我痛苦,哦,知道
让我痛苦。
你笑了吗?你吻了吗?你跌倒了吗?
我真的会原谅,
哦,我肯定我会原谅,
只要你告诉我一切。

对发生的事
我什么都不知道,但是说说
发生了什么。你可以的。
别让我怀疑。
最坏的情况可能让我变聪明
或者让我心碎,
但我会得到更好的结果。
(哦,不只是一个吻:
不只是这样……
哦,你为什么跌倒?)
是的,我会得到更好的结果,
因为我真的会原谅,

哦，我的上帝，我会原谅的，
只要你告诉我一切。

1935 年 4 月 28 日

他写下美妙的诗

他写下美妙的诗
一直醉醺醺。
情况可能更糟。
他可能写出更糟的诗
尽管是在一个更好的精神[1]环境中。
这些事都是错的,
我们永远不知道
谁弱谁强
或都只是马马虎虎。
作为人类的男人,我们活得长久
却总是担忧。

是的,我们永远不会正确
除非我们已经

---

[1] "精神",又被改成"清澈"。——原编者注

一劳永逸地真正看到

我们可以保存的东西；

而那总是摇摆在是与尽力成为

之间的东西

或者是我们无法回忆之物

或者是已经失去之物

或者是我们希望看到之物

或者只不过是虚无。

1935 年 7 月 18 日

震颤性谵妄 [1]

确实是前几天,

用我的鞋子,在墙上

我杀死了一只蜈蚣

它根本不在那里。

这怎么可能呢?

这很简单,你看——

只是震颤性谵妄的开始

当粉红色的鳄鱼

和无头的老虎

开始长高

要求被喂食,

因为我没有鞋子

适合杀死这些动物,

我想我会开始思考

---

[1] 原题为 D.T.,应是 delirium tremens 的缩写,意为震颤性谵妄,是一种急性脑综合征,多发生于酒精依赖患者突然断酒或突然减量时。

我应该戒酒吗?

但这真的不重要……
我是因为这个
更瘦了还是更胖了?
如果生活不是这样
我会更聪明或更好吗?

不,没有什么是对的。
你的爱可能
让我变得比我可能成为
或尽力成为的更好。
但我们永远不知道
亲爱的,我不知道
是否你心中的糖
不会变成糖果……
所以我让我的心聪明
我喝白兰地。

然后蜈蚣来了
没有麻烦。
我看得很清楚

甚至加倍清楚。

我会用我的鞋子

送它们回家,

当他们都下地狱时,

我也会去。

那么,总的来说,

我会很快乐,

因为,用一只

真真切切的鞋子,

我将杀死真正的蜈蚣——

我迷失的灵魂……

1935 年秋

有一位绝妙的女士

有一位绝妙的女士,
哦,如此绝妙的女士,
等着我,
哦,等着我,
但在错误的月台或错误的街道上,
哦,在任何我们无法相遇的地方……
如此绝妙的女士,
绝妙的女士
如此不可思议的甜美!

1935 年秋

快乐的太阳在照耀

快乐的太阳在照耀,
田野翠绿鲜艳,
而我可怜的心
在思念远方。
渴望着你,
只渴望着你的吻。
对此
你是否真心并不重要。
重要的只是你。

我知道大海在夏日的
阳光下熠熠生辉。
我知道海浪闪闪发光,
每个浪和每个浪。
但我离你很远,
哦,远离你的吻!

这就是

此中

真正真实的一切。

重要的只是你。

哦,是的,天空壮丽,

就像现在这么蓝,

空气和光线融为一体

哦,是的,但是,无论如何,

这一切都不是你,

我缺少你的吻

这就是我从此间

得到的一切悲伤与真实。

重要的只是你。

1935 年 11 月 22 日

佩索阿英语诗创作年表 [1]

1888年6月13日下午3:20,费尔南多·安东尼奥·诺盖拉·德希波拉·佩索阿出生于里斯本歌剧院对面的一栋楼上。英语异名亚历山大·瑟奇同一天"出生"于里斯本。

1893年1月21日,弟弟若热出生;7月13日,父亲若阿金·德希波拉·佩索阿死于肺结核。

1894年1月2日,弟弟若热夭折;同月,母亲玛丽亚·马达莱娜·皮涅罗·诺盖拉·佩索阿遇到若昂·米格尔·罗萨。

1895年7月26日,佩索阿向母亲背诵了他的一首四行诗,母亲把它记录下来;12月30日,母亲与若昂·米格尔·罗萨结婚,当时,罗萨已被任命为葡萄牙驻德班的领事。

1896年1月20日,佩索阿和他母亲去南非德班,

---

[1] 未署创作日期、生前也未发表的诗未列入此表。

3月进入圣约瑟夫修道院学校读书。

1899年4月7日,佩索阿入读德班中学,接受了扎实的英语教育。

1901年5月12日(托尼·弗雷泽版本中是1901年1月12日),写第一首英语诗《我的心肝宝贝,与你分离》。

1902年7月18日,在里斯本《独立报》上发表第一首诗《哦,公正》。

1903年7月11日,在《纳塔尔水星报》上发表一首英语诗《矿工之歌》,署名为卡尔·皮·埃菲尔德;11月,获得维多利亚女王最佳英语散文比赛奖金。

1904年4月,写《泰坦之死》。

1904年5月,写《论死亡》。

1904年7月,以查尔斯·罗伯特·阿努为名发表了一首英语讽刺诗。

1904年8月,写《暗影之下》。

1904年9月,写《工作》。

1904年10月,写《完美》。

1904年,写《地球上所有人的悲哀命运》《十四行诗》《思想》。

1905年5月7日,写《解决》。

1905年8月20日，从德班独自返回里斯本，与姨妈安妮卡住在一起；10月2日，入读艺术与文学学院。

1905年11月，写《习俗》。

1905年12月，写《致一位演奏者》。

1906年，出现以异名亚历山大·瑟奇创作的诗歌。这个异名出现后，原先属于查尔斯·罗伯特·阿努的诗也归于他的名下。

1906年1月，写《小丑》。

1906年2月，写《灵魂象征》。

1906年7月，写《上帝的工作》。

1906年11月，写《盲目的鹰》。

1906年，写《警句》《涅槃》。

1907年5月29日，写《遗憾》。

1907年5月或6月，从大学退学。

1907年6月19日，写《怀疑狂》。

1907年7月28日，写《正义》。

1907年7月30日，写《圆圈》。

1907年8月11日，写《所罗门·魏斯特的故事》。

1907年8月，写《庙宇》。

1907年9月6日，祖母去世，留给佩索阿一笔遗产。

1907年11月12日，写《在大街上》。

1907年12月6日，写《女巨人》。

1907年12月20日，写《为我建造一座小屋……》

1908年，开始其终生的兼职工作：商业信函的写作与翻译。

1908年1月10日，写《巨人的回复》《一个问题》。

1908年7月4日，写《墓志铭》。

1908年10月26日，写《在路上》《兄弟会》。

1909年2月25日，写《致我最亲爱的朋友》。

1909年3月28日，写《逼近……》

1909年8月24日，写《从火车中看到的阿连特茹》。

1910年5月15日，写《单调》。

1910年8月，写《35首十四行诗》第1首。

1911年，开始将葡萄牙诗人作品译成英语。

1911年9月6日，写《悬念》。

1912年1月28日，写《终曲》。

1912年5月，写《35首十四行诗》第8首。

1912年6月10日，写《阿拉伯圣人》。

1912年6月，写《夜本身确实似乎睡着了》。

1912年7月9日，写《35首十四行诗》第17首。

1912年11月22日，写《咒语》(1923年3月发表于《当代》)。

1912年11月24日，写《寻找者》《给一位歌唱者》(1915年7月29日修订)。

1912年11月28日，写《桥》《夏日狂喜》。

1912年12月24日，写《35首十四行诗》第31首。

1913年1月7日，写《去别处》。

1913年1月10日，写《圣餐杯》。

1913年1月11日，写《前自我》。

1913年2月5日，写《厌倦》。

1913年2月8日，写《失去的钥匙》《反转》《十四行诗》。

1913年2月17日，写《间隙之王》。

1913年2月28日至3月1日，写《河》。

1913年，写《喜歌》《祈祷》。

1914年10月12日，写《空虚》。

1914年12月22日，写《深渊》。

1915年2月1日，写《闪光的池塘》。

1915年2月15日(托尼·弗雷泽版本中是1916年2月15日)，写《要有光》。

1915年5月2日，写《变狼狂想》(1917年4月8

日改）。

1915年5月6日和6月11日，写《向日葵》。

1915年5月25日，写《伊西斯》《漏洞》。

1915年5月29日，写《一个女孩，想着她的情人，坐在班轮甲板上的椅子上》。

1915年7月15日，写《天空是一颗闪耀着欢乐光芒的巨大绿松石》《哦，沉重的一天》。

1915年7月29日，写《心情》。

1915年8月10日，写《高飞》。

1915年8月18日，写《疯狂的小提琴手》（1917年4月20日改）。

1915年8月29日，写《前世记忆》。

1915年9月1日，写《狂热花园》（1917年4月21日改，1917年5月5日再改）。

1915年11月2日，写《诗》。

1915年11月4日，写《预见力》。

1915年，写《安提诺乌斯》《可爱的人》《破碎的窗户》，开始翻译通神学家布拉瓦茨基夫人的作品。

1916年4月10日，写《陆地和海洋的双翼之神》。

1916年6月，宣称是一位占星家，开始自动写作，或灵异写作。在数百页的自动写作（多为英语）中，渴望遇到一个女人使他摆脱童贞状态。

1916年7月22日前，写《插曲》。

1916年7月22日，写《不可能之事的母亲》。

1916年9月7日，写《夜光》。

1916年9月17日，写《如果我能把我的诗刻在木头上》。

1916年10月5日，写《地平线》第1节。

1916年11月26日，写《她的手指漫不经心地摆弄着戒指》。

1916年至1917年，写《我写这首诗为了纪念你》。

1917年3月15日，写《其间》（1920年1月30日发表于《雅典娜》）。

1917年5月12日，将诗集《疯狂的小提琴手》（1910—1917）寄给一个英国出版商，被拒绝。

1918年，自费出版两本英语诗集《安提诺乌斯》和《35首十四行诗》（1910—1918），寄往英国各大报刊，得到《格拉斯哥先驱报》和《泰晤士报文学增刊》（伦敦）的好评。

1919年1月13日，写《让我们休息吧》。

1919年11月，奥菲利娅·凯罗斯在佩索阿上班的公司里受雇为秘书，当时她十九岁。

1920年3月1日，给奥菲利娅·凯罗斯写第一封情书。3月底，佩索阿的母亲返回里斯本。佩索阿，他的母亲和他的继妹亨利基达在科埃略·达罗沙路 16 号租了一个公寓。在这里，佩索阿一直住到去世（现为佩索阿纪念博物馆）。10 月，佩索阿开了一个名为奥里西波（Olisipo）的小公司和出版社。

1920 年 11 月 6 日，写《我能将每种情绪写成诗》。

1920 年 11 月 28 日，写《我常常希望这种嘲笑会结束》。

1920 年 11 月 29 日，佩索阿写分手信，和奥菲利娅·凯罗斯中断关系。

1920 年，写《铭文》。

1921 年 10 月 5 日，写《你不必蔑视我》。

1921 年 11 月 3 日，写《就像伟大的马基雅维利》。

1921 年 12 月，在自己的出版社印刷了两本英语诗集：《英语诗歌 1-2》，包括《铭文》和《安提诺乌斯》修订版，《英语诗歌 3》，即《喜歌》。

1921 年 12 月 4 日，写《每月，似乎，我的头发确实变得更白》。

1925 年 3 月 17 日，佩索阿的母亲去世。

1926 年，佩索阿翻译霍桑的《红字》，在杂志上连载（1926.1—1927.2）。

1927 年，文学评论杂志《现场》创刊于科英布拉，佩索阿是其撰稿人。青年诗人若泽·雷吉奥首次对佩索阿的作品进行认真批评,称他为"大师"费尔南多·佩索阿。文章认为佩索阿尽管不太出名,但他是葡萄牙在世的最重要的作家。

1931年,翻译克劳利的《潘神颂》(发表于《现场》)。

1933年2月2日,写《大师说你不必在意》。

1933年3月13日,写《低沉忧伤的风充满孤独的夜晚》。

1933年10月8日,写《我爱这个世界和所有这些人》。

1933年11月2日,写《那些幸福或不幸的人》。

1934年,出版《音讯》,这是佩索阿生前出版的唯一葡萄牙语诗集,并获得国家宣传部的奖金,但他未出席颁奖典礼。

1935年4月28日,写《只是一个吻吗?》。

1935年7月18日,写《他写下美妙的诗》。

1935年秋,写《震颤性谵妄》《有一位绝妙的女士》。

1935年11月22日,写最后一首英语诗《快乐的太阳在照耀》。

1935年11月29日,佩索阿因发烧和腹痛被送到里斯本的法国医院,他用英语写下最后一句话:"我不知道明天会带来什么。"30日晚上8点半左右,佩索阿病逝。12月2日,被埋葬于里斯本的一处公墓。佩索阿去世后,留下三万多件遗稿,陆续被整理出诗文集多种。

2007年,托尼·弗雷泽编的《费尔南多·佩索阿英语诗选》出版。

2016年,理查德·泽尼斯编的《费尔南多·佩索阿英语诗》出版。

文景

社科新知 文艺新潮

Horizon

厌倦了爱

［葡萄牙］费尔南多·佩索阿 著
程一身 译

出 品 人：姚映然
责任编辑：杨 沁
营销编辑：杨 朗
装帧设计：Rachinokozzz

出　品：北京世纪文景文化传播有限责任公司
　　　　（北京朝阳区东土城路8号林达大厦A座4A 100013）
出版发行：上海世纪出版股份有限公司
印　刷：山东临沂新华印刷物流集团有限责任公司
制　版：北京百朗文化传播有限公司

开 本：850×1168mm　1/32
印 张：11.75　　字 数：191,000　　插页：2
2025年4月第1版　　2025年4月第1次印刷
定 价：69.00元
ISBN：978-7-208-19394-9/I·2201

图书在版编目（CIP）数据

厌倦了爱／（葡）费尔南多·佩索阿
(Fernando Pessoa) 著；程一身译. -- 上海：上海人
民出版社, 2025. -- ISBN 978-7-208-19394-9
Ⅰ.I552.25
中国国家版本馆CIP数据核字第2025LX0572号

本书如有印装错误，请致电本社更换 010-52187586

中文版译自

English Poetry by Fernando Pessoa,

edited by Richard Zenith, Assirio & Alvim 2016

Selected English Poems by Fernando Pessoa,

edited by Tony Frazer, Shearsman Books, 2007

Chinese simplified translation copyright © 2025

by Horizon Media Co., Ltd.,

A division of Shanghai Century Publishing Co., Ltd.

All rights reserved.

社科新知 文艺新潮 | 与文景相遇

微信公众号　　微　博　　豆　瓣

bilibili　　抖　音　　小红书